Texte Christine Henke

Seite

Texte Bianka Kipp

Texte Ursula Jahnel

Seite

Text Almut Möhle

Vorwort

Gedichte und Geschichten von Menschen, die sich Gedanken über das Leben machen. Die noch Träume haben, aber genauso auch Ängste, welche sie in dieser Form versuchen zu verarbeiten. Gedichte und Geschichten, die nicht kalt lassen, die sich tief ins Herz bohren und zum Nachdenken anregen. Tod, Angst, Verzweiflung, Hilflosigkeit, aber auch Hoffnung und Glauben und der Schrei an die Gesellschaft, endlich aufzuwachen und zu handeln.

Diese Texte sind wie ein Strauß wunderbar duftender Blumen. Sie gehören zusammen - und doch ist jede Blume für sich einmalig und liebenswert.

Autorin Christine Henke

Christine Henke lebt im Raum München und ist 35 Jahre alt. Weitere Veröffentlichungen von ihr sind:

Insel der Ewigen - Asaro-Verlag
Lust auf Gefühl IV - HolzheimerVerlag.
Für sie ist Schreiben ein Gefühl der Freiheit, ein Ausbrechen aus dem Alltag.

Ihr Dank geht an ihre vier Freunde Martina, Renate, Margit und Seppi, die sie stets seelisch auffangen und unterstützen. Vor allem dankt sie ihrem Ehemann Martin für seine Liebe und seinen Glauben an sie!

Dieses Buch widme ich Gabi, für Ihre Träume, Sehnsüchte und Hoffnungen.

Der Mensch besteht aus Glas, und wenn er zerbricht ... kann man ihn nicht mehr reparieren. (Autor Seppi)

Angst

Sie überkommt mich stets ohne Vorwarnung.
Egal, wo ich stehe, woran ich denke.
Inmitten von Personen, alleine in meiner Wohnung.

Aus meinem Augenwinkel heraus sehe ich sie.
Sie kommt auf mich zu, doch wenn ich meinen Kopf
in ihre Richtung lenke ... Nichts.
Kein Schatten, kein Wesen.
Alles wie immer, normal.

Und doch schleicht sie immer um mich herum,
lauernd, wartend auf den richtigen Moment.
Manchmal ist sie auch hinter mir,
nahe an meinen Nackenhaaren.
Ich drehe mich um ... Nichts.

„Geh weg“, flüstere ich manchmal.
Doch sie lacht mir laut ins Gesicht.
Ich kann mich nicht wehren
gegen etwas, das ich nicht sehe.
Fühlen tue ich sie sehr wohl, aber was hilft mir das?

Ist es meine innere Stimme,
die mir mitteilen möchte: „Gib Acht!“?
Oder sind meine Sinne durcheinander?
Will mein Schutzengel mich warnen?
Ein Engel, der zu mir spricht?
Ein Wesen, das ich nicht sehen kann?

Aber weshalb macht er, der Engel, mir dann Angst,
wenn keine akute Gefahr lauert?
Will er mir zeigen, dass ich nicht teilnahmslos
durch das Leben laufen soll?

Oder ist die Angst
ein für sich eigenständiges Wesen?
Vielleicht macht es ihr ja Spaß,
mich in Unruhe, Panik geraten zu sehen.
Spürt meinen Puls und ergötzt sich daran?

Ich weiß es nicht. Ich will nur, dass es aufhört.
Oder dass ich ein deutliches Zeichen bekomme
- von wem auch immer.
Von einem Engel oder dem Wesen der Angst.

Aufgabe

Warum sind wir geboren worden?
Um eine einzige Aufgabe zu erledigen?

Doch was ist, wenn diese Aufgabe erledigt ist?
Zu schnell für uns!

Wenn wir diese Aufgabe bereits
in der ersten Hälfte unseres Lebens erfüllt haben.
Müssen wir dann sterben?
Dürfen wir dann sterben?

Oder tricksen wir uns selber aus,
und stellen uns einfach eine eigene Aufgabe?
So dass wir darüber alles andere vergessen?
Vergessen wir dann die wahre Aufgabe,
um unser Leben zu verlängern?!

Werden wir bestraft, wenn wir sie nicht erfüllen?
Doch welche Strafe würde uns schon treffen?

Mit der Zeit sind wir so hochnäsig geworden,
dass wir meinen, über allem zu stehen.

Wenn wir meinen, unsere Aufgabe zu kennen,
kommt der Moment,
in dem wir erkennen, dass dies gar nicht
unsere Aufgabe gewesen sein kann.

Meistens sagen wir uns das selbst nur,
wenn wir die Aufgabe,
die wir annahmen zu kennen,
nicht erfüllt haben.
Nicht können oder wollen.
Dann legen wir uns wieder eine eigene Aufgabe zu.
Selbstlüge, eine nach der anderen.
Bis der Tod uns dann doch eingeholt hat.

Eines Tages werden wir es erfahren.
Das Licht wird es uns zeigen,
aufwärts oder abwärts.

Weißt du, es ist mir wirklich ernst! Du sitzt hier und siehst mich an, selbstgefällig wie eh und je. Wenn ich dich genauer ansehe, könnte ich meinen, eine gewisse Traurigkeit zu entdecken. Stets habe ich zu dir hoch gesehen, deine Tränensäcke mit Erfahrungen verwechselt. Deinen Blick als warm empfunden. Doch nun spüre ich, dies war nur eine Taktik von dir.

Es heißt, jeder Mensch hat zwei Gesichter. Welches habe ich sehen dürfen? Wenn du mir den Rücken zugewandt hast, kam dann dein wahres Gesicht zum Vorschein?

Du siehst mich an, als sei alles schon immer von dir geplant gewesen. Bis zum heutigen Tag, bis zu diesem Gespräch. Geplant meine Hochzeit, mein Tod. Ich bin hinter dein Geheimnis gekommen. Auch wenn es nur Zufall war, bist du nicht überrascht. Du hast mein Leben gehasst, mich gehasst. Du hast mein Leben nach deinen Vorstellungen gestaltet.

Ich war nur deine Tochter, nicht mehr. Deine Tochter, kein Sohn. Für dich war - ist - es unverständlich, dass du mir deine Firma übergibst. Du hast mich zu diesem letzten Gespräch gerufen. Da deine Zeit abläuft. Und nun weißt du nicht, wem du die Firma übergeben kannst. Denn ich habe dir nur eine Enkelin schenken können. Wieder einmal wurdest du enttäuscht. Dein Schwiegersohn ist vor zwei Jahren mit einem jungen Flittchen auf und davon. Und daran bist du nicht ganz unschuldig. Ich wurde von dir so erzogen, dass ich nur eine Frau sei, ohne Werte. Nur ein Mann kann Entscheidungen treffen.

Doch nun ist etwas passiert, womit du nicht gerechnet hast. Ich dachte über mich und mein Leben nach. Und siehe da, ich bin aufgewacht. Wann ich anfing mit solch einem Unsinn, über mich nachzudenken, fragst du. Ich habe auf dem Friedhof bei Mamas Grab meine alte Kinderfrau getroffen. Sie hat mir erzählt, dass du gar nicht mein wirklicher Vater seist.

Du bist ein eingeheirateter Schmarotzer, der meine Mutter nur geheiratet hat, weil mein leiblicher Vater abgehauen ist. Daraufhin hast du dich zur Verfügung gestellt. Schließlich war meine Mutter eine angesehene Frau, mit viel Land und Großvaters Firma.

Ich soll aufhören zu reden? Wie kannst du es jetzt noch wagen, mich zu korrigieren! Ich gehe jetzt, und komme erst zu deiner Beerdigung wieder. Und dann übernehme ich die Firma und gebe sie an deine Enkelin weiter!

Ein Duft

An der Haustüre klingelt es. Immer noch im Morgenmantel öffne ich. Der Postbote lächelt mich an, er will mich aufmuntern. Ich strecke wortlos meine Hände aus, und er legt sanft einen Brief auf meine kalten Handflächen. Als ich es endlich geschafft habe, mein Gesicht mit Tränen gefüllten Augen zu heben, ist er schon drei Haustüren weiter. Ich drücke den Brief an mein Herz und gehe zurück, zurück in das einsame Haus.

Ich lege den Brief auf den Küchentisch, streichle sanft über ihn, gehe weiter in das Wohnzimmer, streichle sanft über das Kissen auf der Couch, das ich seit Jahren nicht mehr gewaschen habe. Nun sitze ich im Garten, alles ist vorbereitet. Das Kissen liegt auf meinem Schoß. Der Brief darauf. Sanft weht der Wind um meine nackten Füße. Neben mir steht ein kleiner Tisch, darauf eine kleine Flasche Parfüm. In der nur noch ein paar Tropfen des Duftes sind. Nicht, weil ich das Parfüm auf meinen Körper getröpfelt habe. Nein, der Wind hat mit der Zeit die Flüssigkeit in Luft aufgelöst. Um mir dich näher zu bringen. Dieser Moschusduft ist das Einzige, was ich von dir noch habe, real empfinden kann.

Der wievielte Frühling ohne dich dies nun schon ist? Ich weiß es nicht. Irgendwann habe ich aufgehört, zu zählen. Ich öffne die Parfümflasche, der Wind ändert seine Richtung zu mir, als würde er eine Weile nur für mich wehen. Kein Flieder, Maiglöckchenduft dringt in meine Welt. Nur dein Moschusduft umgibt mich.

Ich öffne den Brief und lese und lese und lese. Immer wieder. Der Wind gibt plötzlich meine Welt frei. Flieder, frisch gemähtes Gras rieche ich. „Nein!“, schreie ich. Es ist kein Brief von dir, kein Wort aus deinem Mund für mich. Er ist von der Armee, es täte ihnen Leid. Du bist als Held gestorben. Für das Land, nicht für mich.

Ich nehme das Kissen, dein letztes Geschenk an mich, das Parfüm. Gehe in das Schlafzimmer. Der Brief liegt auf dem Rasen, unbeachtet von der Welt. Ich lege mich auf das Bett, schütte den Rest des Moschus auf meinen Körper. Grabe mein Gesicht in dein Kissen, und der Wind ist ein letztes Mal nur für mich da. Er schürt das Feuer in dem Kamin an. Nur durch seine Güte, die er für mich übrig hat, entfacht er ein Feuer. Die Funken greifen über auf den Teppich und gehen ihren Weg, den der Wind ihnen befiehlt.

Gleich werde ich dich wieder sehen ...

Der Abschied

Ich nehme gerne Abschied von dir.
Seit meiner Kindheit versuche ich,
dir zu entkommen.

Immer wieder wurde ich Opfer meiner Gefühle,
tat einen Schritt auf dich zu.
Habe um Anerkennung, um Liebe gebettelt.

Seit ich denken kann,
hast du mich zurückgewiesen.
Keine offenen Arme, die mich empfingen,
stets eine kalte Maske auf deinem Gesicht.

Der Schmerz ist übermächtig.
Tag und Nacht weinte ich vor mich hin.
Doch du sahst weg.

Nun, heute, ab sofort, ist Schluss damit.
Ich nehme Abschied.
Ganz alleine tue ich es,
ohne dich zu sehen, zu hören.

Mit niemandem teile ich diesen Abschied,
er gehört mir ganz alleine.
Ich nehme gerne Abschied von dir.
Denn nun kommt eine Zeit,
wo du keinen Einfluss mehr hast,
für den Rest meines Lebens.

Und diesen Rest genieße ich ohne dich,
ohne auch nur eine wertvolle Sekunde mehr
zu verschwenden.

Keine Zeit des Leidens mehr, keine schmerzliche Vergangenheitsbewältigung. Schluss.

Noch eine einzige Träne rinnt über meine Wange.
Du siehst sie nicht, hast sie noch nie gesehen.
Im Ignorieren warst du einmalig.
Doch Gott sei Dank habe ich nicht einmal
diese Eigenschaft von dir übernommen.
Das war schon immer meine größte Angst,
so zu werden wie du.
Kalt und feindselig, ohne Mitgefühl für andere,
nur stets auf deinen eigenen Vorteil bedacht.

Mein Gott, ich war ein Kind!
Mein Gott, ich war ein Teenager!
Der beste Satz, den ich von dir hörte war:
„Du warst ein Wunschkind." Welch ein Hohn.

Doch nun ist es ausgestanden. Ich bin heute Ich,
die Ich schon immer werden wollte.
Und dies verdanke ich nicht dir! Sondern vielen anderen lieben Menschen.

Deine ungeliebte Tochter

Der Duft

Rosenduft liegt in der Luft.
Verbreitet sich rasend schnell,
von Zimmer zu Zimmer.

Doch vor der letzten Tür, da kommt es zum Krieg.
Rosenduft gegen Verwesungsgeruch.
Wer gewinnt?
Nach einem kurzen Kampf siegt der Rosenduft.

Er meint es gut mit uns Menschen.
Er hilft uns über die Trauer hinweg.
Bei jedem Tod kommt er wie ein treuer Freund,
der uns nie im Stich lässt.

So können wir, ohne unser Gesicht zu verziehen,
den Toten den allerletzten Kuss geben.

Rosenduft umgibt das ganze Land dort,
wo Menschen sterben.

Meine lieben kleinen Geheimnisse

Ich freue mich immer wieder, euch zu treffen.
Die, die ihr mir meine Vergangenheit
kurz zurückbringt.
Und mir ein verschmitztes Lächeln
um den Mund zeichnet.

Ich genieße euer leises Anpirschen,
wenn sich gerade ein Moment ergibt,
um ein kleines neues Geheimnis aufzubauen.

Ich freue mich,
wenn ihr mir Schamesröte ins Gesicht treibt.
Ich dann anderen nicht erklären kann,
woran ich gerade denke.

Ihr seid für immer und ewig da.
Dafür bin ich euch dankbar.
Damit kann ich jung bleiben.

Ich kann andere Personen nicht verurteilen,
denn ich war ja selber so.
Danke fürs Junghalten!

Geliebter Ehemann

Deine Augen blicken kalt zu mir. Mich fröstelt's.
Du jagst mir Angst ein. Starr und kalt,
nicht ein warmer Funke kommt zu mir.

Ich kenne diesen Blick.
Seit Jahren siehst du mich so an.
Stets, bevor ich mich schützen musste.
Vor dir. Deinen Armen,
Händen, Füßen und deinen Blicken.

Hör auf, mich so anzustarren.

Oft hab' ich dich angefleht, es nicht mehr zu tun.
Es hat dir gefallen, wenn ich weinte,
laut heulte, wimmerte.

Du siehst mich immer noch an.

Ich greife zu dem Telefonhörer,
eine nette Stimme fragt.
Ich antworte ihr laut und deutlich:
„Ich habe mich gewehrt."
Er sieht mich immer noch an.
Obwohl er schon
seit zwei Stunden tot ist.

Gleichgewicht

Das innere Gleichgewicht zu halten,
dies versuche ich stets.
Doch ein noch so kleiner Kieselstein
bringt alles durcheinander.

Ich ärgere mich über mich selbst.
Wieso lasse ich mich so leicht
in die Tiefe hinabziehen?

Kann es nicht einmal ruhig
in meinem Leben zugehen?
Kann ich nicht einmal
meine Wege in Ruhe gehen?
Warum kann ich nicht das Gefühl
der Ausgeglichenheit länger mitziehen?

Warum?
Weil ich Gefühle, Emotionen habe.
Weil ich ein Mensch bin, der nicht abstumpft.
Darum berühren mich Kleinigkeiten,
auch solche, die mich im Grunde nichts angehen.

Ich bin ein Gefühlsmensch,
mit Wut, Trauer und Neugier auf alles,
was um mich herum geschieht.
Nun muss ich nur noch lernen,
mein Gleichgewicht öfter ins Lot zu bringen.

Glück des Lebens

Glück ist so einfach zu haben.
Doch wehe, wenn wir danach suchen.

Wir suchen den ganzen Tag, um es zu finden.
Wir bleiben die ganze Nacht auf, um es nicht
zu verpassen, falls es doch kommen sollte.

Manchmal warten wir einen ganzen Monat,
dann wieder nur ein paar Minuten.

Einige Menschen warten ihr ganzes Leben.
Oft verzweifeln wir schon an unserem Schicksal,
verstehen nicht, warum uns das Glück nicht trifft.

Jammern uns immer mehr in unser Unglück hinein
und finden so nie einen Weg zum Glück.

Mit den Jahren des Wartens beschimpfen wir
das Glück als böse und ungerecht.

Hoffentlich vertreiben diese Worte nicht das Glück.
Und da werden wir wieder versöhnlich
mit dem Glück und hoffen weiter.
Vielleicht trifft es mich ja doch einmal.

Viele Zeichen gibt uns das Glück,
ein ganzes Leben lang.
Nur erkennen müssen wir es schon von alleine.

Hinter jedem Augenblick, den wir erleben,
kann das Glück bereit zum Sprung sein.

Man kann sich entschließen,
stets nur zu jammern,
immer hinterherzulaufen.
Oder man nimmt
die kleinen Dinge des Lebens an
und gibt sich mit den kleinen Glücksgaben
zufrieden.

Aber irgendwann holt das Glück
einen jeden in seinem Lebenslauf ein.
Bleibt dann nur noch übrig,
das gewonnene Glück festzuhalten.

Guten Morgen

Es gibt Tage, da wache ich morgens auf,
und mit dem ersten Wimpernschlag
bin ich bereits tot.

Erdrückt von Sorgen, erschlagen von dem Alltag.
Ohne Emotionen winde ich mich aus meinem Bett.
Stehe ziellos im Raum.

Mein Kinn sinkt hinab auf meine Brust.
Ein kleiner Seufzer drängt sich aus meiner Kehle.
Mit immer noch gesenktem Kopf
blicken meine Augen um sich.

Leise flüstern meine Lippen:
„Ist denn hier niemand,
der mich mal kurz in seine Arme nehmen kann?“
Keine Schritte eilen zu mir,
keine Stimme ereilt mich.

Da streift ein Lichtstrahl mein Gesicht,
hervorgerufen von dem Kristall,
der an dem Fenster hängt.
Den Kristall habe ich von dir.
Vor einer Ewigkeit
hast du ihn mir geschenkt.
Dein letztes Geschenk an mich.

Danach bist du von mir gegangen.
Aufwärts in den Himmel,
da bin ich mir ganz sicher.

Um meinen Mund bildet sich ein zaghaftes Lächeln,
denn ich weiß, du siehst auf mich herab.
Mir kann nichts passieren.

Noch ein letzter Seufzer,
und ich gehe Schritt für Schritt
in meinen Alltag zurück.

Erhobenen Hauptes.

Momente

Lebenswerte Momente sind in unseren Jahren
oft schnell vorbei.
Wie schnell gehören sie
der Vergangenheit an.
In Vergessenheit geraten
sind sie allzu bald.

Oft sind es nur Sekunden der Freude,
die unser Leben erfüllen.
Ein Glanz erscheint in unseren Augen.
Unser Umfeld wird unwichtig.
Nur dieser kleine Kreis,
der uns in diesem Moment umgibt,
wird realisiert.

Unser Körper strotzt vor Kraft.
Selig lächelt unser Mund.
Unser Herz pocht vor Freude,
so intensiv, dass wir es so bewusst wahrnehmen
wie sonst nie.

Wir fühlen uns so glücklich,
keine Sorgen dringen in den Kreis.
Festhalten, auch wenn nur für ein paar Minuten,
dieses Gefühl des
lebenswerten Gefühls.

Ja, ich will.

Alles wird unglaublich schön.
Einfach das Leben von dieser Seite des Glücks leben.
Lebenswerte Momente
machen das Leben erst
so wunderbar lebenswert.

Erinnern an diesen Kreis,
der uns umgibt,
keinen Schritt vor
und keinen zurück.

Erinnerungen geben uns Kraft
für den kommenden, traurigen Tag.
Stärke gibt uns dieser Moment
für all die darauf folgenden
Momente der Traurigkeit.

Nacht

Es gibt Dinge, die werden nur in der Nacht
so hell und klar wie reine Sonnenstrahlen.
Tagsüber laufen Millionen Menschen
gehetzt durch ihren Alltag.
Alles muss rasch erledigt werden,
keine Minute zu vergeuden.

Gespräche werden nur notdürftig geführt,
Silben verschluckt.
Noch während des Gehens
werden Floskeln kurz dem anderen
vor die Füße geworfen.
Sekunden des Bemerkens,
wie schnell die Zeit verfliegt.
Keine Zeit für ein Lächeln,
und wenn doch, dann nur angedeutet.
Nicht zu viel Energie
für unsinnige Gesten vergeuden.

Der Tag ist hektisch,
Pflichten sind zu erfüllen, Probleme zu lösen,
Fehler werden nicht gestattet
und mit der Verlängerung des Tages bestraft.

Manche Menschen auf dieser Erde
sehnen die Nacht herbei, bereits,
wenn sie aufstehen.

Ihr Körper ist am Morgen stark gebeugt,
tiefe Falten um ihren Mund,
keine strahlenden Augen,
misstrauisch, was ihnen der Tag bringen wird.

Fast ängstlich treten sie Situationen entgegen,
solchen, die ihrem Alltag
oder bekannten Mustern nicht bekannt sind.
Sich umzustellen auf andere Tätigkeiten
oder gar auf fremde, neue Gedanken
fällt ihnen schwer.
Oft beten sie kurz vor ihrer Haustüre noch:
Bitte gib mir keine unangenehmen Begegnungen,
bitte lass mich die Stunden der Sonne
gut überstehen.

Dann ist es soweit, die Nacht bricht an,
die Sonne geht langsam unter,
ein zaghaftes Lächeln huscht über die Gesichter,
nur noch den Rand der Sonne sieht man,
das Herz hüpft schneller, die Nacht ist da.

Viele Menschen nehmen nun Abschied
von dem langen, mühsamen Tag.
Leicht wie eine Feder werden sie selbst.

Jeder Mensch hat nun Zeit,
sich dem zu widmen,
woran sein Herz glaubt.
Frieden und Stille kehren ein,
man kann so sein, wie man will,
kein Verstecken seiner Selbst mehr.

Die Türe ist hinter einem zu, der Tag verbannt,
die Nacht ist da.
Ruhe und Stille.
Wohlgefühl breitet sich aus.

Bevor man sich seinen Träumen hingibt,
werden die Nachrichten im Fernsehen gesehen,
und man dankt, den Tag gut überstanden zu haben.
Bis morgen in der Früh,
wenn die Sonnenstrahlen die Erde
für sich gewinnen.

Doch bis dahin wird die Nacht verehrt,
die Ruhe und Stille.

Die Aura erscheint hell und klar, wie pures Gold.
Zufriedenheit und Geborgenheit
strahlt die Aura aus.
Nachts werden Dinge intensiv,
tagsüber sind die Dinge blass und grau.

Pures Glück

Ich sitze auf einer Bank im Park. Die Sonne scheint, es ist ein wunderbarer Tag. Überall sehe ich Pärchen, die miteinander lachen, Händchen halten, tuscheln und sich dazwischen küssen. Ich sitze hier ganz alleine. Niemand hält meine Hand, keiner fragt mich, wie es mir geht. Kein Mensch interessiert sich für meine Belange. Gedanken austauschen ist heute nicht gefragt.

Ich sehe nur fröhliche Menschen um mich herum. So viele glückliche Gesichter. So viel Glück an einem einzigen Platz auf dieser Welt. Doch ich sitze hier auf meiner Bank und sehe ganz alleine den Menschen zu. Sogar die Hunde haben jemanden, der sie ruft, sie streichelt, lobt, sich mit ihnen beschäftigt.

Ich sitze ganz alleine, niemand beachtet mich, jeder ist mit seinem persönlichen Glück beschäftigt. Meine Augen suchen einen Menschen, der hier auch ganz alleine ist. Doch ich sehe nur strahlende Augen, niemand sieht meine Einsamkeit.

Es interessiert niemanden. Ich bin ganz auf mich angewiesen. Ganz alleine gegen die Einsamkeit. Ich sitze oft hier auf dieser Bank in diesem Park und sehe den Leuten zu. Wenn ich es nicht mehr aushalte, das ganze Glück dieser Menschen zu sehen, zu spüren, werde ich wütend. So wütend, dass ich jemandem, irgendeinem von diesen glücklichen Menschen, wehtun möchte. Hass und Wut!

Bis mir der Kopf zerspringt, meine Adern dick werden und deutlich zu sehen sind. Meine Augen sind nur noch Schlitze und funkeln verdammt böse. Manchmal versuche ich, es zu unterdrücken, doch noch nie ist mir das gelungen. Ab und zu freue ich mich auch darauf.

In meinen Händen liegt ein Stein, nicht sehr groß, auch die Farbe ist sehr unscheinbar. Von meiner Körperwärme angeregt, die stetig steigt, transferiert der Stein meine Seele in die eines anderen Menschen. Ich werde dann dieser Mensch sein mit all seinem Wissen und seinen Gefühlen.

Noch niemandem ist der Wechsel aufgefallen. Die Leute werden nur auf die Person auf der Bank aufmerksam. Meist läuft sie auf mich zu, schaut mir in die Augen und versucht verzweifelt, ihrem Partner zu erklären, was gerade passiert ist. Dass sie diejenige sei, der dieser Körper gehöre und sie nicht dieser sei, die sie nun ist. Doch ich lächle nur und sage sanft, wie schade es doch ist, so einsamen Menschen nicht helfen zu können.

In Frieden und Glück lebe ich meist nur ein paar Monate in dieser Hülle. Bis ich das Glück für mich ausgeschöpft habe.

Dann gehe ich wieder auf eine Bank in einem Park und sehe die ganzen glücklichen Menschen, suche mir eine Person aus und lebe wieder in purem Glücksgefühl.

Bis zum nächsten Mal.

Realität

Ziellos wandere ich in meiner Wohnung umher.
Keinen Augenblick bleibe ich stehen.
Mich beschäftigt etwas.

Etwas, das ich nicht deutlich definieren kann.
Dieses Etwas kann ich nicht fassen.
Unruhe, wie kleine elektrische Stromschläge,
durchfährt meinen Körper.

Ich habe nichts Außergewöhnliches erlebt,
keinen Alptraum hinter mir.
Und doch weiß ich nicht, weshalb meine Seele,
mein Geist, nicht zur Ruhe kommt.

Vielleicht hilft mir mein Unterbewusstsein aber auch, nicht über meine Vergangenheit nachzudenken. Bei dieser Erkenntnis lächele ich mich selbst an. Danke an mein zweites Ich.

Ich werde meinen Körper beschäftigen. Putze die ganze Wohnung, obwohl ich sie erst gestern, vorgestern, die letzten acht Tage klinisch rein gescheuert habe.

Nur nicht in Gedanken versinken.
Nicht über meine Vergangenheit grübeln.
Nicht über die Zukunft nachdenken.

Regina

Regina blickte zu dem Café, das noch zehn Schritte von ihr entfernt ist. Ihre Füße sind fest mit der Straße verbunden, keinen Millimeter kommt sie vorwärts. Es ist ihr erstes Blind Date. Wie war noch mal das Erkennungszeichen?

Hab' ich am Telefon auch alles richtig verstanden? Die Uhrzeit, dieses Café oder das um die Ecke? Mist, ich hasse es, wenn ich mir selber nicht mehr traue. Dem nicht traue, was ich denke, ausgemacht zu haben, vor lauter Nervosität am Telefon. Und was mache ich, wenn mein Date schon seit fünfzehn Minuten im Café sitzt, mich abcheckt von oben bis unten? Und dann einfach, unauffällig, von mir unerkannt geht, nur weil ich ihm nicht gefalle? Ihr Handy spielt eine vertraute Melodie. Eine SMS von ihrer Freundin: „Kopf hoch, du schaffst es. Und du brauchst das Geld." „Danke!", flüstert Regina mit einem Lächeln auf den Lippen.

„Los jetzt", spricht Regina etwas lauter, „mehr als ein Nein kann nicht passieren." Sie geht in das Café hinein, zögert kurz und steuert dann zielstrebig, lächelnd auf die erste Palme rechts zu. Ihr Date steht, wie vereinbart, neben der Palme. „Grüß Gott, Frau..." „Schmidt", flüstert Regina verlegen, „Regina Schmidt." Ja, hmm ... also das ist Bruno.

„Oh, mein Gott", denkt sich Bruno, „wie die mich mustert." Mit feuchten Händen greift Regina nach Bruno. Doch schnell zieht sie ihre Hände zurück. Er mag mich nicht, shit, er hasst mich. Ich werde nie eine Chance bei ihm haben. Bruno sitzt direkt neben Frau Meier, die ihn überredet hat. „Ein Blind Date", denkt er ärgerlich. Ich hasse Blind Dates. Immer das gleiche Theater. Schon Stunden vorher hämmert Frau Meiers Stimme in seinen Ohren. Bruno, vergiss nicht, nett zu schauen. Mach keine komischen Geräusche und benimm dich anständig. „Ich hasse sie", denkt er sich, während er ihre feuchten Hände entgegen kommen sieht. „Igitt, wie ekelig. Wehe, du fasst mich an."

„Ja nun, Frau Schmidt, ich werde euch nun allein lassen. In einer Stunde hole ich Bruno wieder ab. Und Frau Schmidt, seien Sie lieb zu ihm. Es soll doch nicht die letzte Verabredung mit Bruno sein, oder?!" „Nein, natürlich nicht. Ich gehe gleich los mit ihm und bin in einer Stunde wieder da." „Hoffe ich", setzte sie gedanklich noch hinzu. „Und ich", brüllte Bruno, „ich - hallo - werde mal wieder nicht gefragt." Igitt, was die für Schuhe anhat, mit denen kommen wir nicht weit. Frau Meier übergab Bruno mit einem kleinen Schubs an Regina. „Der Preis ist immer noch 45 Euro, Frau Schmidt?" „Ja, selbstverständlich." „Gut, dann gehe ich jetzt. So, Bruno, komm schon, mach nicht so ein Gesicht." Ich schaue, wie ich will.

Nach einer Stunde stand Regina wieder rechts neben der Palme. Nur sah sie wesentlich verändert aus. Ihre Strumpfhose war zerrissen. Ein Schuh hatte keinen Absatz mehr. Ihre rechte Hand war etwas zerbissen. Sie sah zu Bruno und dachte sich immer nur eins: „Du Mistkerl, du bist wie alle männlichen Wesen. 45 Euro für eine Stunde. Ich hasse dich. Das nächste Mal erwürge ich dich."

Da kam auch schon Frau Meier. Sie strahlte, als sie Bruno sah. Sie stürzte sich auf ihn und nahm ihn in ihre Arme. „Ach, mein Schatz, na, hast du schön gespielt mit Frau Schmidt. Ach, Frau Schmidt, ich bin ja so froh, dass das Blind Date gut verlaufen ist. Wissen Sie, in meinem Alter ..." Mit leiser Stimme flüsterte sie die geheime Zahl 85. „... da kann ich mich nicht mehr so gut um Bruno kümmern ..." Er braucht täglich seine Spielstunde. Aber nun haben wir ja Sie. Sehen wir uns morgen dann wieder?" „Ja natürlich, Frau Meier." „Bruno, magst du morgen wieder mit Frau Schmidt spielen?" Bruno gab keinen Kommentar, er dachte sich: „Besser als mit dir vor der Glotze zu sitzen ist diese Tussi auf alle Fälle."

Bruno fing an zu hecheln, der Speichel rann ihm am Kinn herab. Als Regina sich verabschiedete, dachte sie sich nur noch:

„Hunde sind, wie Männer, Mistkerle. Und Bruno, der sabbernde Mops, kommt ganz nach meinem Chef."

Schmerz

Realistischer Schmerz ist grauenvoll und süß.
Träumerischer Schmerz ist leidenschaftlich,
zugleich schweißtreibend.
Harter Schmerz - jeden Schlag auszukosten -
jeden Schlages
des Todes nahe zu sein.

Gewollter Schmerz ist unverzichtbar
für jede Minute.
Ohne gewollten Schmerz auszukommen ist Leiden.
Sich sehnen danach ist schmerzvoll.

Schmerzen, wenn der Schmerz
unbeabsichtigt kommt.
Niemals Schmerzen zu empfinden -
versäumt man da einen Teil der Lehre des Lebens?
Niemals Schmerzen zu empfinden -
ein Leben voller Glück und seligem Reichtum?

Ich wünsche jedem Lebewesen auf dieser Welt,
ohne Schmerzen auszukommen,
gewollt oder nicht gewollt.

Träume

Sind Träume wirklich das Spiegelbild dessen,
was wir sind?
Sind Träume wirklich ernst zu nehmen?
Sagen sie uns die Zukunft voraus?

Warum lassen sie die Vergangenheit nicht ruhen?
Wieso quälen sie uns mit Bildern,
die wir noch nie gesehen haben?

Wir hören Musik, damit wir am Morgen
mit einem Lächeln aufwachen
- Trost für den Tag?

Wir wachen mitten in der Nacht auf,
damit wir über unser Leben nachdenken?

Wir schreien so laut,
damit wir davon aufwachen.
Ein Hinweis worauf?

Wir weinen unser Kopfkissen nass,
für welchen Sinn?
Warum betrügen wir im Traum die Menschen,
die wir lieben?
Um uns selbst zu quälen?

Meistens wissen wir nicht,
warum wir Sachen träumen,
die nie in unserem Leben passieren
oder geschehen sind.

Doch wir achten auf sie,
als wären sie der Schlüssel für alles,
was wir im Leben erwarten.

Ein Zauberschlüssel,
den wir nicht beeinflussen können,
in welche Richtung er unsere Träume lenkt.

Watte

An manchen Tagen bin ich in Watte gehüllt.
Mein Gehirn ist träge,
alles geht etwas langsamer.
Einigen Leuten gehen diese Tage
ziemlich an die Substanz.
Sie fühlen sich dann nicht leistungsfähig,
nicht konkurrenzfähig mit ihren Mitstreitern.
Haben Angst um ihre Stellung in der Gesellschaft.

Ich nicht, ich habe diese Wattetage.
Ich habe es akzeptiert.
Ich kann nicht immer hundert Prozent geben,
niemand kann das.
Und doch ist die Gesellschaft schnell bei der Sache,
die Watte als nicht normal anzusehen.
Mit der stimmt doch was nicht,
hat wohl ihre Tage, ist nicht schnell genug, usw.

Jeder sollte dem anderen
einen Wattetag zugestehen.
Somit wäre die Welt schon mal
nicht mehr so laut.

Zuhören

Wir hören zu, wenn sich jemand uns anvertraut. Nehmen ihm die Sorgen durch gelassenes Zuhören, nicken mit dem Kopf, trösten mit unseren Gesten. Gut gemeinte Ratschläge sprechen wir aus, verlassen den Menschen mit dem Gedanken, ihm ein guter Zuhörer gewesen zu sein, stolz auf die Hilfe, die wir geleistet haben.

Ein paar Stunden, Tage später.

Wir hören zu, nicken, trösten, verteilen die gleichen Ratschläge, stolz auf die Hilfe, die wir geleistet haben, gehen wir wieder.

Ein paar Stunden, Tage später.

Wir hören nur noch mit einem Ohr zu, nicken gedankenverloren, trösten mit halbem Herzen, verteilen monoton Ratschläge. Innerlich leer gehen wir wieder.

Ein paar Stunden, Tage später.

Wir hören nicht mehr zu, nicken vereinzelt, trösten ungern, verteilen keine Ratschläge mehr, mutlos gehen wir wieder.

Ein paar Stunden, Tage später.

Wir hören nicht mehr zu, nicken nicht mehr, trösten niemanden, verteilen Ratschläge nicht mehr, gehen nicht mehr heim, denn wir sind gar nicht zu dem Menschen gegangen, der unsere Hilfe gebraucht hätte.

Wirklich? Hat er sie gebraucht?

Der Hilfesuchende ist enttäuscht von uns, wütend auf uns. Doch wir sind leer und ausgebrannt. Keiner kann Hilfe immer geben, doch der Hilfesuchende sieht das nicht so.

Er hat nun eine andere Person, die sich mit seinen Problemen abgibt, die wir wochenlang versucht haben zu lösen - für ihn!

Wir werden nicht mehr kontaktiert, doch dafür haben wir Zeit, unsere Hilfe anzubieten an wirklich Hilfesuchende, die es verdient haben, von uns umsorgt zu werden, und uns dies auch wissen lassen, wenn wir ihnen ein guter Zuhörer waren.

Akzeptiert

Aus Angst vor dem Alleinsein nehme ich vieles in Kauf. Nur um ein paar Minuten des Glücklichseins zu genießen. Ein paar Momente, die mir geopfert werden, um mir so etwas wie Wärme oder Geborgenheit zu geben. Ja, ich lasse mich tatsächlich für Liebe seelisch kaputtmachen. Liebe, von der mir nur so viel gegeben wird, dass ich nicht ganz versuche, aus dieser Welt auszutreten. Womit ich bereits des Öfteren gedroht habe. Meine Narben unterstreichen, diese Drohung ernst zu nehmen. Immer öfter lass' ich mir sagen, ich sei verrückt, nicht normal. Ja, ich lasse mich unterdrücken, freiwillig. Ich will doch nur eine normale Beziehung, Kuscheln und füreinander da sein. Doch ich alleine bin nicht fähig dazu. Dafür besitze ich nicht die nötige Erfahrung, für eine „normale" Beziehung. Ein Single-Leben kann und will ich nicht führen.

Körperlich ist alles in Ordnung mit mir, keine blauen Flecken, keine Stürze von der berühmten Treppe, auch nach außen bin ich glücklich. Nein, wir sind glücklich. Immer glücklich mit einem Lächeln auf unseren Mündern. Show-Business für die anderen. Meine Seele weint jeden Tag. Ich lasse mich seelisch kaputtmachen. Nur, weil ich Angst habe, alleine zu sein, obwohl ich eigentlich ja jetzt schon alleine bin. Mein Partner sitzt neben mir, wir essen gemeinsam, sehen gemeinsam TV, doch ich werde nicht in die

Arme genommen, ich werde auch nicht angesprochen. Falls doch das Wort an mich gerichtet wird, sind es böse Silben, die ich aus dem Mund kommen höre, den ich gerne küssen würde.

Jeden Tag höre ich, wie unangenehm es doch sei, mich zu sehen. Ich sollte mich doch am besten in Luft auflösen, wenn er von der Arbeit heimkommt. Ja nicht ansprechen, und wehe, ich mache ihm die Freude und der Kaffee ist schon fertig - und wehe, ich koche! O weh, ich bin zu anstrengend, heißt es dann. Egal, wie ich mich verhalte, ob ich etwas sage oder schweige, es kommen immer spitze, dornige Bemerkungen, die mich innerlich zusammenbrechen lassen. Falls doch einmal eine Träne über meine Wangen huscht, werde ich mit Blicken getötet.

Vielleicht schaffe ich es irgendwann zumindest, einen innerlichen Abstand zu ihm zu bekommen. Vielleicht sogar, ihn zu verlassen. Doch was kommt dann auf mich zu? Ich will nicht alleine sein. Ich weiß ja nicht einmal, was ich mit meiner Zeit anfangen soll, wenn ich alleine bin.

Ich glaube, ich werde bei ihm bleiben, aus Angst vor dem Leben ohne ihn. Ich glaube, ich schaffe es noch, ihm eine gute Ehefrau zu sein. Ich glaube, ich schaffe es noch, ihm zu zeigen, dass ich eine gute Frau bin. Ich glaube, ich glaube. Auch ich kann diese Wörter nicht mehr hören. Aber schaffen?

Mit einem Kind habe ich es schon versucht, doch er war dagegen, ich musste es abtreiben. Er meinte, ich würde keine gute Mutter, sondern eine miserable. Da ich ja nicht einmal weiß, was er wolle oder wann er seinen Kaffee möchte, und da ich ja nicht einmal weiß, wann ich ihn ansprechen dürfe.

Vielleicht irgendwann.

Ich gebe nicht auf. Nein, nur das nicht. Niemals werde ich aufgeben. Denn mittlerweile ist es Zeit geworden. Zeit aufzuhören mit der Suche nach einem Mann. Nach einem Mann, der mich so nimmt, wie ich bin. Ich muss nur noch mein Wesen so ändern, dass mich dieser Mann behalten kann. Ich muss mich ihm anpassen.

Noch einen neuen Mann würde ich nicht mehr verkraften, ich habe keine Energie mehr. Jeder Mann ist anders. Männer haben so unterschiedliche Vorstellungen davon, wie ihre Frau sein sollte.

Meine Kraft geht zu Ende, ständig diese Umstellungen, von einem Mann auf den anderen.

Dieser Mann, bei dem ich nun bin, muss der letzte für mich sein. Wenn nicht, bin ich wohl als Frau nichts wert. Also strenge ich mich an.

Ich werde mein Bestes geben, versprochen.

Die Fassade

Brummig, verschlossen
sehe ich jeden Tag diesen
mir fremden Menschen.
Er ist einer unter Tausenden.
Und doch fallen mir bei dieser Person
immer die gleichen Gedanken ein:
Mundfaul. Grantig. Unausgeglichen. Unleidig.
Der muss sich doch selbst hassen.
Wie kann man nur jeden Tag so giftig sein?

Durch Zufall treffe ich diese Person dann privat.
Wir kommen ins Gespräch.
Überrascht von dieser Klarheit in seiner Stimme,
zeige ich Interesse an dem Menschen
hinter der Fassade.
Und erfahre das Schicksal.

Er verlor seine Frau vor einem Jahr,
nach glücklichen vierzig Ehejahren.
Sein einziges Kind, ein Sohn,
zeigt kein Interesse mehr.

Allein und verloren
wandert dieser Mensch nun durch die Welt.
Ohne Aufgabe und Sinn,
wofür und für wen er noch hier ist.

Seitdem treffen wir uns einmal die Woche,
privat.

Und wenn ich ihn nun sehe,
ist das Brummen leiser geworden.
Sein Lachen kommt zurück.
Stück für Stück.

Für Martin

Beziehungsfrage:
Wie viel ist Liebe wert?
Ist Respekt mehr wert?
Welche Werte sind generell wichtig?

Verständnis, Vertrauen
auf einer Skala von 0-10 einstufen.
Unterstützung, Geborgenheit, Freiheit ...
was ist am wichtigsten?

Alles?

„Ja", werden Sie nun laut in die Welt hinausbrüllen,
oder Sie werden das Wort „Ja" leise, fast schüchtern,
flüstern, während sie ihren Partner ansehen?!

Die wenigsten Menschen können
solch ein Glück in der Beziehung haben.
Traurig, aber wahr.

Ich wünsche Ihnen dieses Glück.

Danke dafür, Martin.

Heute

Ich bestreite mein Leben, den Alltag,
so gut es geht.
Ich bestreite die täglichen kleinen Kämpfe
mit meinem Umfeld.
Und innerlich zerfetzt es mich.

Mein Körper schreit nach Ruhe.
Arme und Beine werden von Tag zu Tag schwerer.
Mein Kopf wird träge, die Gedanken stumpf,
sinnlos durcheinander geworfen, wirr.
Meine Seele versteckt sich,
macht sich immer kleiner.
Mein inneres Gleichgewicht ist betäubt.

Ich als Ganzes funktioniere nur noch automatisch.

Mein Sehfeld registriert keine Reize mehr,
alles ist gleich monoton.

Schlägt mein Herz noch?

Ich bestreite, kämpfe, streite,
lebe, liebe ohne Emotionen.

Wenn morgen ein neuer Tag erwacht,
ist alles anders.
Vielleicht.

Zufall

Zögernd blickte Eve dem Mann in seine Augen. Grüne Augen, lange Wimpern und ein eiskalter Blick spiegelten sich in den ihren. Verlegen blickte sie hinab auf ihre Schuhspitzen. Diese berührten seine. Himmelslicht spiegelte sich auf ihnen. „Sogar den kleinen Mann im Mond kann ich darauf erkennen“, dachte sie sich. Es war nicht der Mann im Mond, es waren getrocknete Blutflecken. Ihr Blick fiel auf seine Hände, schöne große - wohlgeformt. Sie schweifte hinab auf seine Brust, die sich unter dem blütenweißen Hemd hob und senkte, gleichmäßig, ohne Hast. Der oberste Knopf war offen, die Krawatte hing ohne Knoten locker um seinen Nacken.

Eve versuchte, ihr rechtes Bein zurückzuziehen, doch sie schaffte es nicht. Mit dem rechten Arm wollte sie nach seinem Hals greifen und zudrücken. Ihn auf Abstand bringen. Doch der Arm blieb steif, nach unten hängend. Nur ihren Kopf konnte sie bewegen, nach oben oder nach unten. Nicht nach links oder rechts. Der Drang zu schreien machte sie wahnsinnig. Kein Laut drang aus ihrem Mund. Ihre Stimmbänder waren wie betäubt.

Vor einer Stunde war sie noch lachend aus dem Pub gegangen, auf dem Weg nach Hause. Sie hatte sich nach der Arbeit noch mit Kollegen verabredet, auf einen Absacker in geselliger Runde. Es war ein schöner Abend, es wurde viel gelacht, gelästert über die Kollegen (die nicht anwesend waren), gut gegessen und es wurde der Chef mies gemacht. Sie liebte diese Abende.

Nun, sie musste ein kleines Stück durch einen Park gehen, doch Eve hatte noch nie Angst, spät abends verlassene Wege entlangzulaufen. Viele Laternen säumten den Kiesweg, und die Polizei zog regelmäßig ihre Runde. Eve kannte die Penner, die auf den Bänken schliefen, amüsierte sich über die Liebespärchen und war sich nie unsicher, fühlte sich niemals verfolgt.

Heute war es soweit. Sie ging ihren üblichen Weg, der Kies knirschte unter ihren Schuhen. Sie kam an einer Bank vorbei, eine Hand schon bereit, etwas Kleingeld herzugeben, und erwartete einen bekannten Penner, doch es saß ein fremder Mann dort. Ein gut aussehender Mann, wie Eve gleich bemerkte. Lässig hatte er seine Beine übereinander geschlungen und sah in ihre Richtung. Ob er auf seine Freundin wartete oder auf seine Geliebte?, dachte sie sich und sah ihn kurz an. Typisch, wenn ich schon mal einen Blick riskiere, schiebt sich eine Wolke vor den Mond. Schade, dass er nicht im Pub war, dort hätte ich ihn ansprechen können, aber so?

Lieber nicht. Der würde sich ja sonstwas denken, leichtes Mädchen und so. Nee, nee, da geh' ich lieber vorbei. Sie sah auf den Boden, während sie an ihm vorbeiging, und doch bemerkte sie, wie er sie musterte. Insgeheim freute sich Eve über diese Aufmerksamkeit.

Der Kies knirschte, jedoch nicht im Takt mit ihren Tritten. Sie ging etwas schneller, das Knirschen wurde immer noch nicht synchron mit ihren Schritten. Obwohl sie ahnte, dass dieser Fremde hinter ihr herging, geschah etwas absolut Ungewöhnliches mit Eve. Sie fing an, sich vorzustellen, wie sie ihn küsste. Wie sein Atem ihren Nacken berührte, ihre Nackenhaare stellten sich auf und warteten auf die Berührung. Wenn ich das meiner Freundin nachher erzähle, würde sie mich nur auslachen. Und was das Schlimmste wäre, sie würde in ihrer Meinung bestätigt werden, dass ich dringend wieder einen Mann brauche. Anscheinend hat sie gar nicht so Unrecht, so ein kleines Abenteuer ... Nicht doch, ich werde nichts tun, was diesen Mann animieren könnte. Da Eve von Natur aus keine Angst in solchen Situationen bekam, drehte sie sich ruckartig um. Der Mann stand nur eine Handbreite von ihr weg. Er ist genauso groß wie ich, bemerkte sie überrascht. „Was soll das?“, sprach Eve, doch es kam kein Laut aus ihr heraus; nur ihre Lippen bewegten sich. Sie versuchte, sich zu räuspern. Die typische Handbewegung, den Arm zu heben und die Faust vor den Mund zu halten, blieb aus. Eve stand wie eine Statue da.

Sie blickte in seine Augen. Er führte ihre Hand an dem Handgelenk an seinen Mund. Mit der linken Hand hielt er sie hoch. Mit der rechten streichelte er zärtlich über ihren Handrücken. Eine Gänsehaut lief Eve über den Rücken, ihre Brustwarzen stellten sich auf. Nun fuhr er mit seinen Fingern der rechten Hand über ihren Nacken, rauf und runter. Drückte sanft auf die kleinen Halswirbel, umkreiste sie mit seinem Daumen, glitt nach vorne und massierte ihre Lippen. Eve wurde immer erregter. „Scheiße, was macht der Kerl mit mir?“, dachte Eve angstvoll mit einer großen Portion Verlangen in sich. Langsam öffnete der Mann seinen Mund, gleichmäßige, weiße Zähne blitzten auf, er leckte sich genussvoll mit seiner Zunge über seine vollen Lippen. Er wird mich küssen, seine Zunge wird mit meiner spielen. Warum ist seine Zunge so ausgefranst, fragte sie sich. Jäh wurde Eve aus ihren Traumvorstellungen herausgerissen. Sie hörte das laute kurze Krachen seines Kiefers, der Mund öffnete sich noch immer. Dann sah Eve keinen Mond, keine wunderschönen Augen und kein Gesicht mehr. Nur noch in das Innere des Mundes; es bewegte sich etwas darin.

Nein, mehr noch, es wuchs etwas heran. SCHMERZ, entsetzt realisierte sie die Gefahr. Die rechte Hand des Mannes hatte nacheinander ihre Finger nach hinten gebogen, bis sie schlaff auf ihren Handrücken fielen. Sie sah ihre eigenen Finger gebrochen und schlaff baumeln. Sie fühlte den Schmerz, und doch war sie so verdammt angezogen von diesem Fremden. Der Schmerz ließ nicht nach. Sie sah wieder in seine Augen, er verführte sie, zog sie nur mit seinen Augen aus. Ich werde dir deine Angst nehmen, damit dein Blut nicht nach Adrenalin schmeckt. Sondern süß und erregt will ich es haben. Seine Oberlippe wanderte über seine Nasenflügel, die Unterlippe zog sich über sein Kinn. Fasziniert beobachtete Eve, wie seine Zähne kürzer wurden, bis sie nur noch den Rachen sehen konnte.

Er rollte seine Zunge nach hinten auf. Fünf kleine Gebisse ohne Fleisch und Lippen, nur spitze Zähne bohrten sich kraftvoll aus seinem Unterkiefer. Die Zähne klapperten im Takt aufeinander. Wie hungrige Wölfe. Blut und Speichel liefen an seinem Hals hinab. Sie stellten sich in einer Reihe auf. Er führte ihre Hand an seinen Mund, und jeden Finger zog er nun so in die passende Richtung, dass jeder der kleinen Münder einen Finger darin stecken hatte. Die Münder zogen und saugten kraftvoll an Eves Fingern. Eve konnte nicht aufhören, auf ihre eigenen Finger zu starren. Gott, lass mich aufwachen aus diesem Horror - oder sterben. Sie sah zu, wie ihr schmatzend das Fleisch heruntergelutscht wurde. Als nur noch der blanke Knochen im Mondlicht strahlte, wendeten sich die Münder ihrem Hals zu.

„Warum ich?“, fragte sie sich. Sie hörte in ihrem Kopf seine Stimme. Seine Antwort war kurz:

„Zufall - ich habe Hunger.“

Der Schneemann

Mein Name ist Susan, ich berichte heute meine Geschichte, weil ich nicht vergessen und schon niemals akzeptieren werde, was letzen Winter geschehen ist.

Es war nichts Typisches, typisch wie die Morde, Unfälle oder jene Intrigen, wie man sie im Fernsehen täglich zu sehen bekommt. Auch hat niemand aus meiner Familie mir Schaden zugefügt, kein Bekannter oder ferner Verwandter tat mir weh. Auch habe ich noch immer einen wunderbaren Ehemann sowie meinen treuen, starken Golden-Retriever-Rüden, der auf den Namen Mike hört. Doch ich fühle, dass Mike nicht mehr lange vor unserer Schlafzimmertüre Wache halten wird. Kaum sieht er mir noch in die Augen, sein Schwanz ist ständig reuevoll eingezogen. Seit dieser Nacht, vor zwei Monaten, höre ich Mike stöhnen. Er kann es sich selbst nicht verzeihen, als Familienhund versagt zu haben.

Es begann genau am 20. Dezember. Meine Kinder - Sarah, vier Jahre, Tom, sechs Jahre, und Silvana, zwei Jahre alt - bettelten nun schon den ganzen Sonntagmorgen, mein Mann Martin solle doch mit ihnen zusammen einen Schneemann im Garten bauen. Da Martin den Kindern selten einen Wunsch abschlagen konnte, ließ er sich erweichen und ging mit den Kindern und Mike hinaus. Nach einigem Schneeballwerfen und gegenseitigem Einreiben, fingen die Vier genau in der Mitte von unserem Garten an, einen Schneemann zu bauen. Zwischen dem Plätzchenbacken konnte ich immer wieder einen Blick durch das Wohnzimmer hinaus in den Garten werfen. In diesen Momenten dankte ich Gott für diese harmonische Familie, ich dankte ihm für die zweite Chance, die Gott mir gab.

Niemand aus meiner Familie kannte mein dunkles Geheimnis, nur Mike hatte einmal, noch vor Sarahs Geburt, etwas gewittert. Ich war damals auf dem Speicher und schob gerade alte Kisten so in die Ecke, dass niemand ein kleines längliches Paket sehen konnte. Mike sah dieses Paket, als ich es gerade zu verstecken versuchte. Er knurrte wie wild, fletschte seine Zähne. Nur durch ernstes, lautes Zurufen hörte Mike damit auf. Er sah mich verwirrt an, konnte es nicht verstehen, als ich ihm verbot, mich zu warnen. Mich kostete es einige Minuten, Mike zu überreden, den Speicher zu verlassen. Ich war schweißgebadet.

Als der Schneemann fertig war, riefen mich die Kinder, um ihn zu begutachten. Ich war erstaunt und im ersten Moment sprachlos. Sie hatten einen zwei Meter hohen und einen Meter breiten Schneemann gebaut. Da stand ein Schneemann vor mir, der mir eher Angst einjagte als dass er mir ein Lächeln auf mein Gesicht zauberte. Die wuchtige Größe? Ich wusste es nicht. Es war mütterlicher Instinkt. Da ich mir aber nichts anmerken lassen wollte, überwand ich meine Angst und lächelte. Martin stand stolz und mit seinem üblichen lausbubenhaften Grinsen hinter unseren Kindern.

Als die Kinder bereits schliefen und wir beide ins Bett gingen, wunderten wir uns, dass Mike unruhig im Haus herumlief. Am zweiten Abend meinte Sarah, sie habe Angst vor dem Schneemann. Martin beruhigte sie wieder und brachte sie zurück in ihr Bett. Am nächsten Morgen saß Mike vor dem Schneemann und starrte ihn nur an. Seine Vorderpfoten waren tief in den Schneemann eingegraben. Dort, wo aus dem Schneemann Stofffetzen hingen, in die Mike unablässig hineinbiss. Stofffetzen von Sarahs Schlafanzug. Ich fragte Martin, ob er die Terrassentüre aufgemacht und Mike hinausgelassen hatte, doch er verneinte. Ich rief nach den Kindern; keines antwortete mir. Da hörte ich Martin laut aufschreien. Ich rannte zu ihm hinaus, zum Schneemann hin. Dort sah ich nur noch überall rot durchtränkten Schnee. Blut. Als Mike uns kommen sah, rannte er winselnd um den Schneemann herum, immer wieder. Abrupt blieb er stehen und stieß seine Schnauze mit voller Kraft hinein; er zerrte an einem Stofffetzen. Mike riss es heraus, und ich sah mit Entsetzen, was es war. Ein Stofffetzen aus meiner dunklen Vergangenheit.

Sofort spürte ich wieder den Zorn der Eltern, dessen Kinder ich vor zehn Jahren im betrunkenen Zustand überfahren hatte. Beide Kinder waren damals sofort tot. Die Mutter hatte mir per Post eine Puppe mit einem Begleitschreiben geschickt. Ich konnte die Worte nie entziffern. Doch ich wagte es nie, die Puppe wegzuschmeißen. Und dieser Stofffetzen, den Mike immer noch in seiner Schnauze festhielt, war von dieser Puppe. Ich hätte diese Puppe vernichten sollen, als ich selbst eine eigene Familie hatte.

Am nächsten Tag war von dem Schneemann nichts mehr zu sehen, meine Kinder waren spurlos verschwunden. Nur am Boden, dort, wo der Schneemann gestanden hatte, lag meine Puppe. Martin meinte, es sei eine von Sarah. Ich sagte kein Wort, nahm sie auf, legte sie in meine Arme und brachte sie zurück auf den Speicher.

Der Junge

Langsam wache ich in meinem Himmelbett auf, wohlig dehne ich mich, ziehe noch einmal die Decke über meinen Kopf, bevor ich blinzelnd den Tag empfange. Die kleinen gefiederten Vögel vor meinem Fenster sind zu meinem Wecker geworden, ihr liebliches Zwitschern holt mich aus meinem Traum. Mich streckend und mit einem zufriedenen Lächeln wälze ich mich aus dem Bett, gehe zu dem Fenster, und wie jeden Morgen der letzten acht Tage bewundere ich den Stolz, den ich in den Köpfen der Sonnenblumen sehe. Wie graziös und starken Willens sie ihre Köpfe der Sonne entgegenstrecken.

Nach ein paar kurzen Minuten der Idylle schnappe ich mir meine Joggingschuhe und laufe noch vor dem Frühstück meine Strecke an dem Strand entlang, vorbei an üppigen Palmen. Als ich an meinem Ziel - der großen Höhle, die genau in der Mitte einer Felsgruppe liegt - ankomme, bemerke ich ein Boot, das wohl gestrandet ist. Vorsichtig nähere ich mich, um einen Blick hineinzuwerfen. Die Wellen schlagen gegen das Boot. Mich beschleicht die Befürchtung, dass die Wellen es wieder auf das Meer hinaustragen könnten. Schnell gebe ich mir einen Ruck und sprinte zu dem Boot. Mit den Händen halte ich es fest. Meine Augen starren voller Erwartung in das Innere, doch es ist leer. Erleichtert lasse ich von dem Boot ab, wobei ich spüre, wie krampfartig ich das Boot festgehalten hatte. Verwundert über meine starke Reaktion trete ich rasch ein paar Schritte zurück. Mein Unterbewusstsein erkennt wohl mehr als meine rationalen Sinne. Ein Geruch steigt mir in die Nase. Ein Geruch, der nicht an einen toten Fisch erinnert, oder doch?

„Was soll ich hier, was mache ich eigentlich", frage ich mich leise und hilflos. Es erschien mir, als ob die letzten drei Minuten mein ganzes Leben ins Schwanken gebracht hätten. Ich folge dem Geruch; er kommt aus der Höhle. Zentimeter für Zentimeter schiebe ich meine Füße mit Gewalt dem Höhleneingang entgegen. Meine Nackenhaare sträuben sich bereits, jedes Glied meines Körpers ist auf Angriff eingestellt. Noch nie war ich solch einer Situation ausgesetzt. Bis jetzt hatte ich mein Leben sehr gut im Griff. Dies war mit einem einzigen Herzschlag des Schicksals vorbei. Immer lauter und schneller werden die Gedanken. Gedankenfetzen werden kompromisslos und unsortiert hin- und hergeworfen, wie bei einem Tennisspiel, nur ohne Punkte. Ich schaffe es, einen Gedanken festzuhalten, zurück in das Hotel zu gehen und Hilfe zu holen, doch weswegen soll ich Hilfe holen? Oder ich nehme meinen ganzen Mut zusammen, um in die Höhle hineinzusehen, nur zu sehen, nicht hineingehen, nein. Ich entscheide mich für meinen Mut. Noch ein paar winzige Schritte, gleich. Da der Geruch immer stärker zunimmt, bleibe ich stehen. Meine Augen suchen links, rechts, hinter mir, ob nicht doch noch eine Person kommt, um mir die Entscheidung abzunehmen. Doch es kommt niemand. Das Schicksal hat nur mich an diesen Platz gerufen. Mit zusammengekniffenen Lippen, pochenden Herzens und mit ziemlich lauten Atemgeräuschen arbeite ich mich Stück für Stück hinein.

Als ob der Wind mich warnen wollte, treibt der Geruch - nein, es war nun kein Geruch mehr -, treibt der Gestank noch intensiver auf mich zu. Mein Blick versucht, irgendetwas zu erkennen. Ich befehle meinen Augen, genauer zu sehen. In diesem Moment wünsche ich mir Adleraugen. Doch es ist im Inneren einfach zu dunkel. Meine Fingerspitzen berühren die Wände um den Eingang herum, kalt ist die Felswand, zu kalt, auch wenn die Sonne erst vor wenigen Stunden aufgegangen ist.

Nun schreit meine innere Stimme laut aus: Stopp! Geh' nicht weiter! Da! Ein Stöhnen. Ein Schlurfen. Ich bekomme Angst. Ich sehe vor meinem geistigen Auge mein Herz gegen das T-Shirt klopfen. Mit großen Schritten gehe ich drei schnelle Schritte weiter in das Dunkle. Das Stöhnen wird deutlicher, fast menschlich. Meine Augen gewöhnen sich an die Dunkelheit.

Was ich nun sehe, lässt mir die Tränen aufsteigen. Ein kleiner Junge, vielleicht vier Jahre alt, sitzt in der Ecke und schaut mich ängstlich aus seinen großen Augen an. Ich knie mich nieder, lege meinen Kopf zur Seite, lächele etwas und flüstere dem Jungen zu:

„Hallo, kleiner Mann, was machst Du hier?“ Doch er drückt sich noch mehr gegen die Felswand. Plötzlich wird mir schlecht, der Geruch wird mir mit voller Gewalt in die Riechnerven gerammt. Angeekelt wende ich meinen Kopf. Da liegt es, ein Geschöpf, das wohl die Mutter des kleinen Jungen gewesen sein muss. Das Schlurfen kommt nicht von dem Jungen, es kommt von einer Art Wildhund, der seine Beute in mehrere Teile zerlegt hat und sie noch tiefer in die Höhle zerrt. So schnell ich kann, packe ich den Jungen. Instinktiv legt er seine Arme um meinen Hals, seine schmalen Beine drückt er mir um meine Nieren. Ich renne auf dem Weg, auf dem ich gekommen war, zurück zu meinem Hotel.

Warum ich diese schreckliche Geschichte erzähle? Weil ich diesen Jungen damals vor dem Tod gerettet habe. Der Wildhund wurde einen Tag später erschossen. Es wurden noch zwei weitere Skelette gefunden. Wie man später herausfand, waren es die Überreste jener Menschen, die bereits als vermisst gemeldet waren.

Der kleine Junge lebt seitdem bei mir. Ich habe ihn adoptiert. Es war für mich selbstverständlich, ihn nicht dem Heim zu überlassen. Nur eines habe ich seitdem nie wieder getan: Egal, wo ich Urlaub mache: Ich jogge nie wieder.

Engel oder Tod

Sitzend in einer Ecke warte ich, dass mich jemand an die Hand nimmt und in die Freiheit bringt. So lange sitze ich in der Ecke, die Sonne ist schon längst am Horizont untergegangen. Keine Vogelstimmen kommen mehr zu mir herein. Die Straßen werden leer und leise. Kein Licht kommt durch das Fenster, um mir die Angst zu nehmen.

Das Zittern von meinem Körper übernimmt die Oberhand. Die Beine sind wackelig und meine Arme verkrampfen sich ineinander. Die Pupille ist ganz groß, das Auge wandert ständig hin und her, ohne die Wände auszumachen. Der Atem geht schnell und stoßartig. Die Nase läuft in einer Tour. Meine Zähne klappern aufeinander, so laut, dass ich davon selbst erschrecke. Der Herzschlag ist so schnell, dass ich Angst haben muss, es könnte aus mir herauskommen oder zerplatzen. Ich spüre, wie mein Puls das Blut in den Adern immer schneller werden lässt, noch schneller, und die Adern fangen an zu kochen. Nach einer gewissen Zeit verlieren die Gedanken in meinem Gehirn die Orientierung. Ich weiß nicht mehr, wo oben oder unten ist, links oder rechts.

Meine Finger tasten sich in das dunkle Nichts vor mir. Kein Widerstand kommt mir entgegen. Ich flehe meinen Körper an, Folge zu leisten, was ich ihm anordne zu tun. Auf allen Vieren zu kriechen, bis ich eine Wand erreiche, die mir sagt, wo die Türe sein könnte.

Elendig vor Angst, krampfhaft das Zittern einzustellen, erbreche ich Magensäure auf den Boden. Der Boden ist das Einzige, was ich spüre, als real einschätzen kann. Doch als die Knie zu bluten anfangen vom Herumkriechen auf dem Boden, wird mir bewusst, dass die Ewigkeit hier in diesem Zimmer wohnt. Niemals werde ich eine Türe finden, niemals wird mich jemand an die Hand nehmen, niemals werde ich wieder die Sonne sehen.

Bin ich in meinem Leben so böse gewesen,
dass ich in der Hölle gelandet bin?
Träume ich die Ewigkeit nur?
Bin ich tot?

Wo sind die Engel, um mich zu retten?
Hab' ich überhaupt Engel, die nur zu mir gehören?
Oder bin ich nicht würdig, gerettet zu werden?

Mein Mund wird trocken, ich huste, bis mir Blut aus dem Mund tropft. Doch jeden Tropfen fange ich wieder auf, um nicht zu verdursten. Die Tropfen, die ich verliere, suche ich mit meiner Zunge. Den ganzen Boden lecke ich danach ab.

Hysterisches Lachen, gemischt mit haltlosem Schluchzen. Einzig und alleine diese Töne dringen in mein Ohr. Bis in alle Ewigkeit.

Sie wachte viel zu früh auf. Nicht einmal die Vögel vor ihrem Fenster wagten, dem kommenden Tag bereits ihr Guten-Morgen-Lied zu singen. Ein langer Blick auf die Nachttischuhr. Sie begann, die Stunden auszurechnen, die sie noch ausharren musste. Michael, ihr Mann, schnarchte. Sollte sie ihn wecken? Sie entschied sich dann doch für einen Kaffee in der Küche. Leise schlüpfte sie aus dem Bett und ging in das Erdgeschoss.

Michael hingegen wachte dennoch auf, er tat nur so, als ob er tief schlief. Er konnte nun seinen Tränen freien Lauf lassen. Er hatte diesen Tag immer und immer wieder durchgespielt. Was würde sie tun? Wie würde sie sich entscheiden? Er betete sogar, er, der nie eine Kirche betrat. Kann er es wagen, ihr jetzt hinterherzulaufen? Michael wägte Vor- und Nachteile gegeneinander ab. Da er aber so voller Emotionen in diesem Moment war, beschloss er, alleine hier in seinem Bett zu warten. Bis sie wieder zurückkam.

Laura trank ihren Kaffee auf der Terrasse. Den kalten Wind spürte sie nicht, obwohl sie nur ein dünnes Nachthemd trug. Sie rief sich die Erinnerung mit Claude in ihr Gedächtnis. Wie zärtliche Arme sie festhielten, ihr Gesicht fest an die Brust gepresst. Sie stellte die Kaffeetasse auf den Boden und umarmte sich selbst, schloss ihre Augen und wägte noch ein letztes Mal ab. Welchen Weg sollte sie einschlagen? Den festen Pfad, der bereits planiert ist? Oder den Weg, der mit Unkraut noch zugewuchert ist? Sie wusste, heute muss sie sich endgültig entscheiden. In ein paar Stunden kommt der Brief. Per Einschreiben, Express, an sie adressiert. Ein letztes Zeichen von Claude, mit einem Flugticket, einfach, für sie.

Die nervliche Anspannung der letzten zwei Monate konnte Michael nicht mehr ertragen. Er wollte seine Frau nicht verlieren. Michael tat das Einzige, was er noch tun konnte. Er rief seinen vermeintlichen Rivalen an. Seine Finger zitterten, als er die Telefonnummer wählte. Vor lauter Anspannung vergaß er bei den ersten zwei Versuchen die Vorwahl für Frankreich. Er kannte nicht die Stimme von Claude. Er wusste nicht einmal, ob dieser Frauendieb seine Sprache verstand.

Als das Telefon bei Claude klingelte, hüpfte Claudes Herz vor Freude. Aber Marcel war schneller am Apparat. Er riss den Hörer fest an sein Ohr und erwartete die liebliche Stimme von Laura, die ihm sagte, dass sie sich für Claude entschieden habe. Doch er hörte nur ein Kauderwelsch von einem Mann, der ihn ununterbrochen anschrie. Er verstand immer nur ein Wort: Laura. Marcel sprach kein Deutsch, auch kein Englisch, nur Französisch. An dem Gesicht von Marcel erkannte Claude, Laura würde nie ihren Ehemann verlassen.

Michael fühlte sich nach diesem Gespräch wesentlich besser, obwohl er kein Wort von diesem Claude erhalten hatte. Für ihn reichte es völlig, dass er sein männliches Ego aufgebaut hatte. Er ging hinab zu Laura. Sie stand bereits an der Haustüre, der Eilbote übergab ihr gerade den einen Brief. Sie drehte sich um und sah Michael direkt an. Da wusste er, er hatte doch verloren.

Fünf Monate später besuchte Michael Laura und Claude. Laura hatte ihn vorgestern angerufen, um ihm mitzuteilen, dass sie schwanger sei. Von ihm. „Michael, du wirst Vater!" Er sollte doch bei der Geburt dabei sein. Und Claude würde sich auch freuen, ihn endlich kennen zu lernen.

Als Michael nach einigen Nächten des Nachdenkens, voller Wutanfälle, tränenreichen Zuprostens mit der Weinflasche zustimmte, flog er zwei Wochen später nach Frankreich. Zu allem Überfluss hatte Laura es so organisiert, dass Claude ihn vom Flughafen abholen sollte. Als er in der Flughalle stand und nach einem Mann Ausschau hielt, der in seinen Gedanken ein französischer

Jüngling war, sah er ein Schild mit seinem Namen darauf.

Und hinter dem Schild stand Claude und lächelte Michael an. Er ließ seine Reisetasche auf den Boden fallen vor lauter Überraschung.

Claude war eine Frau!

„Hast du einen neuen Verehrer?“, klang noch Isabels Stimme Tage später in Mariannes Ohren. Marianne stand, wie so oft in letzter Zeit, vor ihrem Badespiegel und suchte in ihrem Gesicht akribisch nach neuen Falten. „Hmm, diese miese Linie könnte zu einer langen, tiefen Furche um meinen Mund mutieren“, flüsterte sie ihrem Spiegelbild zu. „Du redest mit dir selbst!“, hauchte eine andere Stimme zurück. „Sei still!!“, schrie Marianne immer noch sich selbst an. Schlug sich mit der rechten Faust auf ihre Lippen. Blut drängte sich aus ihnen und lief in kleinen Rinnsalen in das Waschbecken. Marianne schenkte dem Blut keinerlei Beachtung.

Jeden Tag kaufte sich Marianne einen neuen Blumenstrauß. Sie verteilte die Blumen in ihrer ganzen Wohnung. Auf ihrem oder anderen Schreibtischen an ihrem Arbeitsplatz, wenn bei ihr zu Hause kein Platz mehr war. Oder sie verschenkte sie auch an liebe Bekannte. Täglich. Mittlerweile kannte sie die besten Floristen im Umkreis von zehn Kilometern.

Sie war in ihrem Bekanntenkreis sowie bei ihren Arbeitskollegen sehr beliebt. Wenn jemand sie beschreiben sollte, kämen Worte wie höflich, immer für einen Spaß zu haben und zuvorkommend in den Sinn. Marianne war eine äußerst hübsche Erscheinung für ihre 53 Jahre. Zehn Jahre jünger würde niemand anzweifeln. Jeder, der sie kannte, meinte, dass sie stets mehrere Verehrer hatte, so viele, dass sie die Blumensträuße verschenkte. Alle amüsierten sich darüber; man gönnte ihr dieses Leben. Obwohl noch niemand einen dieser Verehrer persönlich gesehen hatte, glaubte man ihr. Zweifel kamen nie auf; bei ihrer guten Figur und ihrem Charme konnte es sich jeder vorstellen.

Immer noch vor dem Spiegel stehend, riss sich Marianne gerade die Gesichtsmaske ab. „Es klingelt an der Wohnungstüre, Mariannchen." „Ich hab' es gehört." „Mach sie auf, Mariannchen, geh schnell, Mariannchen." „Geh selbst." „Willst du mich ärgern? Möchtest du, dass ich eine Boshaftsfalte zwischen deine Augen zaubere?" „Nein, bitte, ich gehe sofort", wimmerte Marianne. „Mariannchen, schneller, schneller."

Isabel stand vor der Türe. „Was soll das?", schimpfte sie lauthals. Wobei sie sich an Marianne vorbeidrängte. Marianne schwieg, blickte auf den Boden und schloss leise die Türe. „Sag etwas!" Isabel ging in die Küche. „Ich hatte heute keine Lust, mir geht es hervorragend", sprach Marianne mit einer Heiterkeit in ihrer Stimme, die bei Isabel alle Alarmglocken schrillen ließen. „Ich mach' uns erst einmal einen Kaffee." „Sag es niemandem, Isabel, bitte. Niemand darf erfahren, dass ich in Behandlung bei einem Psychologen bin." „Mein Gott, Marianne, du tust ja so, als ob das unnormal wäre. Heutzutage ist jeder Fünfte in Behandlung!" „Es ist schlimmer geworden, Isabel, hilf mir." „Ich rieche es, Marianne. Der Blumenduft dringt bereits bis in den Hausflur hinaus. Haben sich die anderen Mieter nicht beschwert?" „Nein, ich beuge vor." „Wie, du beugst vor?" Isabel bemerkte, wie sich eine Gänsehaut auf ihrem Rücken ausbreitete. „Ich schenke ihnen welche." Mariannes Tonfall war zu belanglos. „Blumen? Du schenkst ihnen Blumen, obwohl bereits das ganze Stockwerk danach stinkt?!" „Hast du gerade gesagt, es stinkt?", funkelte Marianne sie böse an. „Entschuldige, ist mir einfach so rausgerutscht." „Sie ist böse zu uns!", flüsterte Marianne. „Hast du was gesagt?" „Nein ... ich nicht ... er!" „Marianne, bitte hör auf damit. Du machst mir Angst. Nicht genug, dass du eine Blumenphobie seit dem Tod von Thomas hast." „Lass meinen Sohn aus dem Spiel!", kreischte Marianne sie an.

Isabel war so erschrocken über ihre Schwiegermutter, dass sie erst mal tief Luft holte. „Um Gottes Willen, beruhige dich. Komm, setz dich." „Isabel, hilf mir", flüsterte sie. „Er redet seit Wochen mit mir. Beschimpft mich, er schlägt mich und sagt, dass er mich hässlich machen kann. Falten, Isabel, tiefe Falten kann er in mein Gesicht schlagen." Isabel ließ die volle Kaffeetasse auf den Boden fallen. Ging langsam, ungläubig, richtig gehört zu haben, auf sie zu. Kniete sich vor Marianne hin und stützte ihr Kinn auf ihre Knie. Mit kraftloser Stimme sprach sie leise und langsam.

„Marianne, Thomas würde so einen Weg niemals beschreiten. Er war ein guter Sohn, ein guter Ehemann für mich. Meine liebste Schwiegermama, höre mir genau zu. Thomas ist im Himmel und es geht ihm gut. Er ist kein ruheloser Geist. Du bist nicht schuld und warst auch nicht an dem Unfall schuld." Isabel stockte der Atem. Fassungslos blickte sie in die Augen von Marianne, doch sie drückte immer fester zu, fest hielten Mariannes Hände Isabels Hals. Bis Isabels Beine nachgaben und sie leblos, schlaff auf den Boden glitt.

Sie ging zurück in ihr Badezimmer, blickte in den Spiegel und lächelte sich selbst zu. „Danke, Mama." „Für dich tue ich doch alles, mein Sohn." „Wenn Isabel mich damals wie vereinbart abgeholt hätte, wäre ich nicht mir DIR nach Hause gefahren. Ich würde noch leben." „Ja, ich weiß, Thomas. Sie war schuld, nicht ich. Ich musste dich ja heim fahren, weil sie nicht kam. Aber nun geh zurück, sie werden schon im Himmel auf dich warten." „Ich liebe dich, Mutter, und vergiss nicht, mir jeden Tag einen neuen Blumenstrauß zu kaufen." „Ich werde es nicht vergessen, versprochen."

Autorin Bianka Kipp

„Ich bin 18 Jahre alt, mache eine Berufsausbildung und lerne Gebärdensprache. Ich schreibe, um Probleme zu verarbeiten und einen klaren Kopf zu bekommen. Wenn mich irgendetwas belastet, greife ich zu Tinte und Papier und schreibe es auf, egal, ob als Gedicht oder Geschichte. Das Schreiben ist für mich eine Art Ventil für meine Gefühle, Ängste, Sorgen, aber auch, um Hoffnungen auszudrücken.

Dank:
Ich weiß gar nicht, wo ich anfangen soll zu danken. Da wären zunächst meine Familie, meine Freunde und mein Freund, aber auch all diejenigen, die mich immer wieder dazu aufgefordert haben, weiterzumachen und zu schreiben. Dank auch denen, die bereit waren, Kritik zu üben, denn nur an Kritik kann ein Mensch geistig wachsen."

Nur die Liebe

Bin ich wirklich so schlecht?
So verdorben und falsch?
Ich frage mich wirklich,
und mein Innerstes liegt vor mir,
selbst bloß
ich betrachte mich selbst
- von außen -
da sind viele Fehler
und viele Verletzte liegen rings um mich herum
und ich sehe ein Schwert in meinen Händen,
die Scheide ist blutig rot
Ich wollte doch niemandem weh tun,
es war Notwehr!!!

Meine Umgebung ist ein einziges Schlachtfeld.
Tote und Verwundete.
Und an meinen Händen ihr Blut.

Ich falle auf die Knie
inmitten der blutenden Leiber
und spüre die anklagenden Blicke meiner Opfer.
Aber sieht denn keiner die Dolche,
mit denen sie auf mich losgegangen sind?
Sieht keiner die Nadeln,
die sie in meinen Körper bohrten,
um mich zu quälen?
Sieht keiner die Wunden auf meiner Haut
und auf meinem Herzen?

Das Schwert fällt aus meiner Hand
und ich beginne zu schreien.
MÖRDERIN
tönt eine Stimme in meinem Kopf,
immer und immer wieder.
Ich höre Schritte,
blicke auf.
Eine Hand streckt sich mir entgegen.
„Steh auf“, sagt eine sanfte Stimme.
Ich tue es - stehe auf.
Meine Kleidung ist mit Blut bedeckt.
Die Person nimmt meine Hand,
führt mich weg vom Ort der Verwüstung.
In eine andere Welt - eine schöne Welt -
An der Grenze bleibe ich stehen, blicke zurück.
„Bin ich es wert, gerettet zu werden?“, frage ich.
„Du siehst doch, was ich getan habe.“
Da nimmt er mich wortlos in die Arme
und beginnt zu weinen.
Auch ich weine;
ich schmecke die salzigen Wassertropfen.
Mit jeder Träne, die er weint,
wird mein Herz geheilt.
Jede seiner Tränen löst die Kruste, die wie Blei
auf meinem Herzen liegt.
Nach langer Zeit des Weinens spricht er:
„Ich liebe dich, ich musste dich retten,
retten vor dir selbst,

du gehörst nicht hierher,
du gehörst zu mir,
egal, was du getan hast."
Ich nehme seine ausgestreckte Hand
und Hand in Hand gehen wir in ein neues Leben
ohne Blutvergießen,
ohne Angst,
ohne Vergangenheit.
Erfüllt durch eine Liebe,
die Ewigkeiten überdauert
und stärker als Tod und Zerstörung ist.
Ich weiß jetzt, was es bedeutet, geliebt zu werden.
Mein Schwert - meine Verteidigung -
habe ich zurückgelassen,
denn ich brauche es nicht mehr.
Da ist niemand, der mich angreift,
der mich verletzt.
In der Liebe gibt es keine Angst
- vor Verletzungen und Angriffen -
Denn die Liebe besiegt die Angst,
sie ist stärker.

Nur die Liebe.

Keine Angst mehr

Der Tag geht zu Ende, ich sehe es an der Sonne, die langsam versinkt, immer schneller dann. Sie wird diesem Tag keine Wärme mehr geben, denen, die am Leben erfrieren. Kein Licht all denen, die jetzt in der Dunkelheit den Weg nach Hause finden müssen. Verlorene Söhne, die ziellos durch die Nacht treiben; sie lässt sie zurück - sich selbst überlassen. Auch mich hat sie verlassen; sie geht jeden Abend. Doch ich bin darauf vorbereitet, habe verstanden, dass sie mich jeden Abend verlässt.

Im Gegensatz zu all den verlorenen Menschen dort draußen muss ich nicht mehr frieren, habe ich den Weg nach Hause gefunden. Ich habe gelernt, das Licht in der Dunkelheit zu sehen. Es hat mich gefunden - nicht umgekehrt -, hat mich gewärmt.

Damals, als es dunkel um mich herum wurde, bekam ich Angst. Angst, den Weg nicht mehr zu finden. Doch ich spürte, ich war nicht allein. Blickte mich in der Dunkelheit um, doch niemand ... Nach langer Zeit der größten Angst verstand ich. Ich schloss die Augen und sah in mich hinein - in mein Herz ...

Da war das Licht, das mich erhellte und wärmte, und in dem Licht, da waren sie ... Kleine Finger zupfen ein zartes Gänseblümchen ab und dünne, noch kurze Beinchen fliegen durch das grüne Gras - mir entgegen. Ich sehe die leuchtenden Augen, als die kleine Hand mir die Blume entgegenstreckt ...

Ich spüre die Anteilnahme, das Mitleiden und die tiefe Trauer des Schreibers. Die Buchstaben sind gerade und aus den Worten sprechen tiefe Empfindungen. Mir scheint es, als könnte ich die Tränen auf den weißen Bögen erkennen, die in Sorge um mich vergossen worden sind. Ich spüre die starken Arme, die mich umschließen und von der Welt abschirmen, die Hände, die mich festhalten. Die Wärme und Kraft, die auf mich übergehen und mich erfüllen. Die Lippen, die mir immer wieder neues Leben einhauchen und mir meine Angst und Einsamkeit nehmen. Als ich die Augen wieder öffne und weiter zum Fenster hinaussehe in die Abenddämmerung, weiß ich wieder, warum ich keine Angst vor der Dunkelheit habe, warum ich nicht zu den verlorenen Söhnen dieser Welt gehöre: Weil mich die Liebe erleuchtet, weil sie mir Wärme gibt und mich zu einem starken Felsen mitten im Meer macht, der gewaltigen Macht des Wassers trotzt, den auch die Brandung des Meeres nicht zum Einsturz bringt. Ich drehe mich um, gehe in die Dunkelheit meiner Wohnung und bin dankbar für das Wissen, das mir gegeben wurde ...

Ich drehe mich um, gehe in die Dunkelheit meiner Wohnung und lächle ...

Liebe ist...

Liebe ist Nähe, ohne sich eingeengt zu fühlen.
Liebe ist Vertrauen ohne Angst vor Enttäuschung.
Liebe ist, einen Menschen zu haben,
ohne ihn zu besitzen.
Liebe ist Freundschaft,
die sich auf Glauben gründet.
Liebe ist, ständig aneinander zu denken.
Liebe ist ein verzehrendes Feuer,
in dem man nicht verbrennt.
Liebe ist ein Mensch, der deine Tränen trocknet.
Liebe ist das Gefühl,
nach Hause gekommen zu sein.
Liebe ist das Ende einer Suche nach Geborgenheit.
Liebe ist die Möglichkeit,
verletzlich zu sein, ohne Angst zu haben.
Liebe ist der Wunsch,
jeden Tag mit einem Menschen zu verbringen.
Liebe ist, wenn jemand es schafft,
dein Herz zu berühren.
Liebe ist das Wissen,
sich nicht mehr schützen zu müssen.
Liebe ist, Gefühle zu haben
und auch zeigen zu dürfen.
Liebe ist selbstloses Füreinanderdasein.
Liebe ist, wenn man erst an den anderen denkt.
Liebe ist, den Schmerz des anderen zu fühlen.
Liebe ist, die Gefühle des anderen
in seinen Augen zu lesen.

Liebe ist, zu wissen, dass man einander braucht.
Liebe ist, ihm zu sagen, dass man ohne ihn
nicht mehr weiterleben möchte.
Liebe ist, die Zeit miteinander zu genießen
und als Geschenk zu betrachten.
Liebe ist das Ankommen nach einer langen Suche.
Liebe ist, den anderen vor allem Leid
beschützen zu wollen.
Liebe ist das, was unser Leben
erst lebenswert macht.
Liebe ist, sich füreinander freuen zu können
Liebe ist, sein Möglichstes zu tun,
um den anderen glücklich zu machen.
Liebe ist das größte Glück,
wenn man einen Menschen findet,
der diese Gefühle auch erwidert.

Ich bin froh, dich gefunden zu haben
und ich will dir danke sagen,
für all die Liebe,
die Du mir geschenkt hast.

Zu spät

Wurde aus tiefstem Schlaf gerissen.
Liege hart, trotz weichstem Kissen.
Öffne die Augen, nehme wahr all die Qual.

Draußen krächzt ein Rabe,
und ich liege hier in meinem Grabe.
Tod und Verwesung rieche ich,
Leichen umgeben mich.

Schweiß bricht mir aus.
Wie komme ich nur hier raus?
Kälte umschließt meine Schultern weich,
einem schweren Mantel gleich.

Ich werde von Furcht eingehüllt,
bin von Grauen erfüllt.
Von Knochen und Särgen umgeben,
zerrinnt mein eigenes Leben.

Spüre, wie der Tod mich umgibt,
wie er meinen Willen besiegt.
Angst saugt mein Leben aus,
ich komme hier nie wieder heraus.

Hier gibt es nichts zu gewinnen,
ich sehe mein Leben zerrinnen.
Ich spüre, wie meine Zeit sich in Staub verwandelt.

Wenn es sich doch noch ändern ließe.
Doch es ist zu spät.
Ich muss bleiben in der düsteren Realität.

Gerade, als ich zum allerletzten Mal
meine Augen schließe,
sehe ich Licht
- im letzten Moment.

Mensch und Tier

Der Mensch sagt, er sei klüger als das Tier.
Könne denken, habe ein Gewissen
und könne seine Schritte lenken.

Doch sag mir nun,
welcher Affe tötet sein Kind im Mutterleib?
Ertränkt oder erstickt es, wenn es schreit?
Welcher Kater schlägt seine Frau?
Welcher Eber tötet in Wut die Sau?

Welche Tiere rotten im Krieg
mit Waffen einander aus,
verbrennen einander,
löschen sich in Gaskammern aus?
Welcher Vogel zieht los
mit Axt und Messer,
tötet seine Familie
und sagt dann: „Es war besser!"?

Welches Tier führt einen weltweiten Krieg?
Sieht letztendlich nicht die Opfer, sondern den Sieg?

Welche Tiere zerstören die Welt,
in der sie leben,
vergiften Flüsse, Meere, Seen?
Opfern Tiere Millionen ihresgleichen,
um einen Millimeter mehr Platz
auf der Welt zu erreichen?

Lassen Tiere für Macht einander sterben?
Morden Weibchen ihre Männer, um zu erben?

Sag, tun Tiere all das?

Nur der Mensch,
der Mensch, der besser sein will,
der glaubt, er sei der Einzige,
dem es erlaubt sei, seinesgleichen
und die Erde zu zerstören ...
Was wird ihm eines Tages gehören?

Bald hat der Mensch sich selbst zerstört,
was glaubt ihr,
wem die Erde dann gehört?

Mut

Was ist Mut?
Ist es das Klauen im Supermarkt?
Ist der mutig, der im Halteverbot parkt?
Sind es die, die wegen ihrer Clique rauchen,
weil sie denken, dass sie sie brauchen?

Sind es die, die von meterhohen Türmen springen?
Sind es die Starken, die mit Schwachen ringen?
Sind es die Männer, die Frauen vergewaltigen?
Die Frauen, die Männer betrügen?
Oder die Kinder, die Eltern anlügen?

Sind es die Menschen, die andere zerstören?

Ist das Mut?

Ist es Mut, wenn 10 Leute einen verschlagen?
Ist es Schwäche, sich einfach zu vertragen?
Ist es Mut, wenn Menschenrechte verletzt werden?

Ihr sagt, das gibt es nicht.
Leider sind es Tatsachen:
Vergewissert euch endlich eurer Pflicht!

Was ist Mut?
Mut ist die Kraft,
„Nein“ zu sagen,
sich zu wehren,
sich mit seiner Meinung
gegen die Massen zu stellen.

Mut ist das Wagnis,
jedem die Meinung zu sagen.
Probleme nicht durch Gewalt zu klären.
Mut zeigt innere Stärke.

Mut ist Macht und Tat.

Tränen

Eine einzelne Träne nur,
und doch schmerzt sie mehr als 1000 Schläge.
Einzig ein Tropfen salzigen Wassers,
der alles Leid und allen Schmerz symbolisiert.
Wenige nur erkennen in dieser einen Träne
die Verletztheit eines Menschen.
Aber aus ihr spricht mehr
als aus einem Sturzbach von Tränen.
In ihr zeigt sich Stolz.
Stolz ist es, der daran hindert,
in Tränen auszubrechen.
Und doch auch eine Niederlage,
denn der Schmerz hat
einen Teil des Stolzes besiegt
und Verletztheit hat dazu geführt,
dass eine einzelne Träne ihr Heim verlässt,
um alle diese Gefühle zu versinnbildlichen.

Eine einzelne Träne rinnt über das Gesicht,
während die Augen,
die so lange als ihre Wohnung dienten,
dich ansehen.
In diesen Augen,
die den Blick nicht abwenden,
liegen so viele Gefühle
und du möchtest am liebsten wegsehen.

Aber du bist nicht dazu in der Lage.
Du bist gezwungen, in diesen Augen zu lesen,
dich mit all dem Schmerz, Leid und der Verletztheit
zu konfrontieren, denn du bist der Verursacher.

Die Träne fällt zu Boden und es schallt in deinen
Ohren, als würde etwas zerbrechen.

Du wendest dich ab,
kannst es nicht mehr ertragen.
Doch die Träne, die am Boden verdunstet,
brennt sich wie Säure in dein Herz
und hinterlässt Leere,
Leere im Herzen und im Leben.

Auf dem Weg ins Nichts,
in den Tod,
reißt sie sämtlichen Schmerz mit sich,
schwemmt ihn weg und lässt Stille zurück.

Ignorieren

Hände, alt und verkrüppelt.
Strecken sich mir entgegen.
Flehen um Hilfe - Ich blicke weg.

Füße, blutig und mit Lumpen bedeckt.
Zu müde zum Laufen.
Verfolgen mich.
Bitten stumm - Ich blicke weg.

Augen, schwarz und stumpf.
Vor Schrecken geweitet.
Starren zu mir.
Klagen an - Ich blicke weg.

Unfähig, mich dem Leid zu stellen.
Zu groß die Angst, die mich lähmt,
mich am Handeln hindert,
schließe ich die Augen.

Der Tod

Vergangen sind Hass und Streit.
Ich fühle weder Kummer noch Leid.

Ausgeträumt ist auch der letzte Traum,
ich spüre weder Zeit noch Raum.
Vergessen ist jedes Gefühl,
alles rings um mich herum ist kühl.

Ich fühle weder Zweifel noch Frust,
in mir sind weder Liebe noch Lust.
Bin müde und leer.
Keine Angst empfinde ich nun mehr.

Ich bin von der Dunkelheit umfangen.
Und weiß, ich muss nun nie mehr hoffen
noch bangen.
Bin in einen Schleier gehüllt.
Mit einer herrlichen Ruhe erfüllt.

Vorbei sind nun alle Gedanken und Sorgen,
fühle mich geschützt und geborgen.

Nur noch von Stille umgeben,
nehme ich Abschied vom Leben.
Schreite über den Abgrund,
nehme die ausgestreckte Hand,
die mir gereicht wird.

Spricht leise und sanft der Tod,
bis ich zum allerletzten Mal einschlafen werde.

Die Mädchen dieser Welt

In den vom Krieg zerstörten Städten
leben sie in eisernen Ketten.
Versuchen noch zu retten,
was längst verloren scheint.
Der Rest der Erde weint,
um die Mädchen dieser Welt.

Geschlagen und mit einem Greisen vermählt
werden sie Tag und Nacht gequält.
Leben in einem täglichen Zwang,
da sie gesetzt in einen niederen Rang.
Und da man sie versteckt,
hinter einem Schleier hält,
sieht keiner die Tränen
der Mädchen dieser Welt.

Gefangen in einer Welt der Gewalt,
ohne Liebe, Vertrauen und Halt.
Zum Töten gezwungen mit nur 9 Jahren,
gestorben dabei sind Mädchenscharen.
Ein Leben ohne Liebe, Hoffnung, Vertrauen.
Das sind die Mädchen dieser Welt.

Vom eigenen Vater missbraucht,
die Mutter schweigt,
obwohl man sie jetzt braucht,
auch das uns heute zeigt,
das Leid der Mädchen dieser Welt.

Niemals in die Schule gegangen,
da sie in Traditionen gefangen.
Die ihnen das nicht erlaubt,
und da ist keiner, der an sie glaubt,
das sind die Mädchen dieser Welt.

Die Eltern haben sich scheiden lassen,
wen soll man dafür jetzt hassen?
Das Leben scheint irgendwie sinnlos zu werden.
Und eigentlich möchte man nur noch sterben.
Die Liebe fehlt,
doch sie schwimmen im Geld,
auch das sind die Mädchen dieser Welt.

Verstoßen, vergewaltigt,
missbraucht und geschlagen
stellen die Mädchen dieser Welt folgende Fragen:
Wann kommt endlich die Welt,
in der wir gleichgestellt?

Wann sieht endlich jemand unser Leid
und tut etwas gegen diese Ungerechtigkeit?

Kampf gegen mich selbst

Gekämpft.
Gegen Menschen, Gefahr.
Gewonnen.
Immer wieder durch Lügen, Betrug und List.
Doch gegen den größten Feind
hilft kein Selbstbetrug.

Gekämpft.
Täglich verloren.
Immer wieder, gegen mein eigenes Spiegelbild.
Das mich anklagt, verfolgt.
Gedanken und Gefühle, die Schatten hinter mir.
Meine eigenen Dämonen.
Geister, die mein Gewissen quälen.

Die Mächte der Welt kann ich besiegen,
doch unfähig,
mich selbst zu bezwingen.

Diebe

Töne, sanft und beschwingend.
Melancholisch, ergreifend.
Er kann sie nicht hören,
konnte es nie.
Wird er je Musik hören können?

Figuren, harmonisch geordnet.
Bunt, beeindruckend.
Er kann sie nicht sehen,
konnte es nie.
Wird er je ein Gemälde betrachten können?

Felsen, groß, kraftvoll.
Herausfordernd, gigantisch.
Er kann sie nicht besteigen,
konnte es nie.
Wird er je auf Gipfeln stehen können?

Er kann nicht hören.
Obwohl er Ohren besitzt.
Nicht sehen, und doch sind Augen vorhanden.
Nicht gehen, trotz der Beine an seinem Körper.

Jeder dieser Makel ist ein Dieb.

Die Taubheit raubt Freude.
Die Blindheit Schönheit.
Und der Rollstuhl Leben.

Jeder von ihnen sagt:
Ich lebe, das ist das Einzige, was ich hab'.
Ich lebe, so gut es geht, jeden Tag.
Ich nehme das Leben, wie es kommt.
Ich lebe, das ist gut so.

Fragen und Antworten

Sind wir alleine auf dieser großen weiten Welt?
Diese Frage habe ich mir oft gestellt.
Habe mich gefragt: Warum? Wie? Wann?
Gab es jemanden, der uns ersann?

Wo komme ich her? Wo gehe ich hin?
Hat unser Leben überhaupt einen Sinn?
Was geschah bei der Geburtsstunde der Welt?
Wer hat Schuld an all dem Leid?
Wird es für uns eine Zukunft geben?

So viele Fragen, aber wer kann mir sagen
etwas, das logisch und klar?
Und mir erklären, was früher war?

Sind wir entstanden aus Zufall und Glück?

Gefunden die Antwort,
an einem wunderbaren Ort.
Einem Ort, den jeder finden kann,
ohne sich müssen zu schinden.
Geh' einfach auf die Straße zur Nacht
und gib auf den Sternenhimmel Acht.
Sieh hinauf und erkenne was wahr,
siehst du der Sterne Schar?
Kann das alles nur Zufall sein?

Die Schönheit, der Glanz, die Weite und Stille!
Dies alles soll kommen aus einer einzigen Bazille?

Sieh in die Nacht.
Und frage dich, wer hat das alles gemacht?
Entstanden aus einem riesigen Knall,
ist das denn wirklich der Fall?
Oder gemacht von einem
grausamen, herzlosen Gott,
das kann doch nur sein ein Komplott.

Sieh jetzt noch einmal zum Himmel auf,
lass deinen Gefühlen freien Lauf.
Die Schönheit der Sterne zeigt,
dass Gott uns liebt, er hat uns gerne.

Die Billiarden von Sternen, oh, gib doch Acht,
zeigen uns Gottes riesige Macht.
Wir sind nicht entstanden aus einem Knall,
sondern das Gegenteil ist der Fall.

Durch Liebe wurden wir gemacht,
und wenn wir geben Acht,
dann können wir haben einen Freund.
Der wunderbar kraftvoll an Macht,
überströmend an Weisheit, Güte und Gerechtigkeit.
Er wird uns sein immer treu
und uns Leben geben.
Immer wieder neu.

Ich stehe in einiger Entfernung, wage nicht, näher zu gehen. Die traurige Prozession zieht an mir vorüber, keiner sieht mich. Der strömende Regen läuft über mein Gesicht, vermischt sich mit meinen Tränen. Die schwarze Menschenmenge ist nun am Grab angekommen.

Ich kenne sie alle. Seine Mutter und der kleine Bruder, sie alle sind da. Im Hintergrund stehen noch einige Freunde und Kumpels von ihm. Ich wage es nicht, aus meinem Versteck am Waldrand hervorzukommen, zu groß ist die Scham, die Angst, zu groß sind meine Schuldgefühle. Aufgebahrt liegt er in einem einfachen, billigen Holzsarg, weil seine Mutter sich keinen besseren leisten konnte; die Sozialhilfe bezahlt ja nichts dafür. Für den Tod gibt es kein Geld vom Staat. Ich sehe, wie ihr die Tränen über das Gesicht laufen und in meinem Magen fühle ich wieder dieses riesige Loch. Ich spüre die große Schuld, die auf mir lastet. Der Regen wird schlimmer und ich weiß, ihm hätte das gefallen. Poetisch und lächelnd wären seine Sätze über die Lippen gekommen, die er auch am Abend seines Todes zu mir sagte: „Siehst du, selbst der Himmel weint“, denn da hat es genauso geregnet.
Er fehlt mir so sehr.

Mittlerweile zieht eine Prozession von schwarzen Regenschirmen an mir vorüber. Die Grabrede wurde kurz gehalten, niemand fand die richtigen Worte. Keiner bemerkt mich, keiner nimmt mich wahr und ich bin dankbar, dass keiner mich sieht.

Jetzt, wo ich alleine bin, kann auch ich Abschied nehmen von ihm. Ich stehe allein im strömenden Regen vor seinem mit Blumen übersäten frischen Grab und wünschte, ich könnte nur noch einmal mit ihm sprechen, ihm nur noch einmal sagen, wie sehr ich ihn liebe. Doch ich weiß, es ist zu spät. Er ist tot. Der Regen tropft an mir herunter und mein Kopf ist so leer. Ich fühle nichts mehr als eine große Leere in mir. Warum? Warum konnte er auch nicht die Finger von diesen Scheißdrogen lassen, warum musste er unbedingt darin Trost suchen? Ich werde es nie verstehen!

Wie soll ich nur ohne meinen besten Freund und Bruder weitermachen? Ohne meine innere Stimme, ohne mein zweites Ich? Er war derjenige, der immer für mich da war, der an mich geglaubt hat, getröstet hat, wenn es mir schlecht ging, der mich in all meinen Träumen unterstützt hat und der derjenige war, der mich zu neuen Höchstleistungen angespornt hat. Er war der, der mich in meinem Leben immer wieder neu inspiriert hat, und jetzt? Jetzt liegt er hier vor mir in dieser kalten, schlammigen, nassen Erde und ich stehe vor ihm und kann ihm nicht helfen. Ich war, als er mich am dringendsten gebraucht hätte, nicht für ihn da.

Ich hole sein Bild aus meinem Geldbeutel und muss trotz meiner Tränen lächeln. Das Bild ist vergilbt und schon geklebt, aber die strahlenden blauen Augen sind noch genauso intensiv wie vor 15 Jahren. Drei Jahre alt war er damals und wir waren gerade ins Nachbarhaus gezogen, ein uraltes Reihenhaus mit kleinem Vorgarten. Ich weiß noch, wie er damals zur Begrüßung seinen Lieblingsball mitgebracht hat und zu mir kam und meinte, ob ich mit ihm Ball spielen will.

Seit dieser Zeit waren wir unzertrennlich, wie Bruder und Schwester. Wir kamen zur gleichen Zeit in die Schule, besuchten die gleichen Fächer und machten zusammen Hausaufgaben. In der Klasse hänselte man uns als altes Liebespaar, aber immer, wenn einer dies sagte, dann hat er nur gegrinst und gemeint, die seien ja eh alle nur neidisch, weil sie nicht so eine klasse Frau abkriegen würden. Zusammen gingen wir auf das städtische Gymnasium und waren weiterhin unzertrennlich. Mit der Zeit haben sich unsere Wege etwas entfernt, ich bin für ein Jahr nach Amerika gegangen, weil ich mein Englisch dringend verbessern musste. Der Abschied war furchtbar, denn wir beide hatten bisher nur für den anderen gelebt. Seine Eltern hatten sich scheiden lassen und ihm ging es sehr schlecht, denn sein über alles geliebter Vater war weggezogen und er musste bei seiner Mutter und seiner Oma bleiben. Seine Mutter arbeitete von früh bis spät und seine Oma litt unter Alzheimer und erkannte ihn manchmal schon gar nicht mehr. Darunter hat er sehr gelitten und nun verließ auch ich ihn noch. Ich wäre ja so gerne geblieben und hätte ihm beigestanden, aber mit 15 Jahren hat man keine Wahl, und da meine Eltern nun mal darauf bestanden, mich nach Amerika zu schicken, nützten mir all meine Streitereien, mein Geschrei und meine Tränen nichts. Ich musste nach Amerika, für ein Jahr.

Zum Abschied trafen wir uns an unserem Lieblingsplatz, an einem wunderschönen, versteckt gelegenen See. Dort saßen wir stundenlang auf einer Bank und redeten. Und dort trafen wir uns auch am Vorabend meiner Abreise. Wir saßen einfach nur da und sagten nichts, denn jedes Wort war überflüssig. Jeder konnte den Schmerz des anderen fühlen und jeder verstand die Gefühle des anderen auch ohne Worte. Das Atemberaubende an diesem Moment, der mir immer in Erinnerung geblieben ist, war zum einen, dass an diesem Abend die Sonne in Zeitlupe unterzugehen schien, es war, als wüsste sie, dass uns nur wenig Zeit blieb und sie uns noch etwas Zeit schenken wollte. Sie malte den Himmel in den schönsten Farben und ließ uns für kurze Zeit unseren Schmerz und unsere Trauer vergessen. Doch auch sie verlor den Kampf gegen die Zeit und egal, wie sehr sie sich bemühte, die Dunkelheit errang doch den Sieg und irgendwann gab die Sonne auf, aber es war ein unvergessliches Schauspiel, in welchen Farben der Himmel an diesem Abend leuchtete.

Zum anderen sind mir seine Worte an diesem Abend unvergesslich geblieben, denn als ich ihm sagte, welch große Angst ich hätte, drückte er mir ein kleines Buch in die Hand und antwortete: „Wovor hast du Angst? Wenn du neue Wege beginnen willst, musst du die vorgegebenen Pfade verlassen. Natürlich ist die Gefahr dann größer zu stolpern, denn auf neuen Wegen liegen oft mehr Steine als auf den ausgetretenen. Aber wenn du dein Ziel kennst, wirst du deinen Weg finden, und je mühsamer dein Weg ist, desto schöner wird das Gefühl sein, wenn du angekommen bist, wenn du wieder zu Hause bist. Das Leben ist nicht wie dieser See, ruhig und glatt, sondern eher wie ein Fluss. Es ist mal sanft, mal schnell, aber es ist immer in Bewegung, und das musst du dir merken. Egal, wie weit weg ich bin, ich schwimme immer im gleichen Fluss wie du, nie in einem anderen, nur die Strömung hat uns etwas auseinander getrieben. Aber irgendwann treibt sie uns auch wieder zueinander, und dann werden wir uns an den Händen halten und nie mehr zulassen, dass die Strömung uns trennt. Weißt du, wenn einer träumt, dann ist es nur ein Traum. Wenn aber viele träumen, dann ist es der Beginn einer neuen Wirklichkeit. Und wenn wir zwei unseren Traum von unserer Freundschaft bewahren, dann wird dieser Traum Wirklichkeit. Aber bis dahin versprich mir bitte zwei Dinge, denkst du, du kannst das?"

Ich weiß noch, wie ich unter Schluchzen ein Nicken zustande brachte. Er nahm mich dann einfach in den Arm und tröstete mich zuerst, dann sagte er: „Also, zuerst musst du mir versprechen, niemals aufzuhören zu träumen und an unsere Freundschaft zu glauben. Und als Zweites will ich, dass du jedem Tag, den du in Amerika verbringst, die Chance gibst, dein schönster zu werden, hast du mich verstanden? Ich will, dass du jeden Morgen aufstehst und zu dir sagst: 'Heute könnte der schönste Tag werden, den ich je erlebt habe'."

„Ich weiß nicht, ob ich das kann. Ich meine, wie sollen meine Tage ohne dich die schönsten meines

Lebens werden, denn erst der Tag, an dem ich wieder hier sein kann, wird der schönste in meinem Leben sein, keinen Tag früher wird das sein. Aber ich werde versuchen, jedem Tag die Chance zu geben, mein schönster zu werden, wenn auch du mir versprichst, niemals aufzuhören, zu träumen und zu glauben", antwortete ich unter Tränen, und dann nahm er mich nur noch einmal in den Arm und wir gingen nach Hause.

Erst am nächsten Tag im Flieger brachte ich es über mich, in dem Buch zu blättern, das er mir in die Hand gedrückt hatte. Es war ein Buch mit lauter Sprüchen und Lebensweisheiten. Bei jeder Seite, die ich las, kamen mir aufs Neue die Tränen, aber ich konnte das Buch nicht aus der Hand legen, denn es war das Einzige, was ich ein Jahr lang von ihm haben würde. Das Jahr war furchtbar, und mehr als einmal kam mir der Gedanke, einfach in den Flieger zu steigen und nach Hause zu fliegen. Aber ich brachte es nie über mich, denn immer, wenn ich ganz am Boden war, bekam ich „rein zufällig" Post von ihm, in der er mich wieder aufbaute. Eine seiner Postkarten trage ich bis heute bei mir. Auf ihr war ein Sonnenuntergang abgebildet, der mich so sehr an unseren letzten Abend erinnerte. Das Einzige, was auf der Karte stand, war: „Unser Leben gleicht dem Wechselspiel der Gezeiten: mal ruhig und gleichmütig, mal stürmisch und aufgewühlt. Dein Freund auf immer.“ Und immer, wenn ich ganz am Boden war oder bin, nehme ich diese Karte heraus und lese sie mir so lange durch, bis es mir besser geht.

Über all meinen Problemen vergaß ich seine fast vollkommen. Auch erwähnte er nie etwas davon, dass seine Mutter einen neuen Freund hatte, der ihn am laufenden Band schlug, oder dass seine Oma kurze Zeit nach meiner Abreise in ein Heim gebracht wurde und bald darauf starb. Kein Wort darüber. Er spielte immer die Rolle des Fröhlichen ohne Probleme, und das überzeugend. Aber ich hätte es sehen müssen, ich als seine beste Freundin hätte es wissen oder ahnen müssen ... doch ich ahnte nichts davon, denn ich war viel zu sehr mit mir selbst beschäftigt. Das Jahr, das wie eine Ewigkeit schien, ging dann aber doch irgendwann vorüber und ich kehrte nach Hause zurück.

Aber welch ein Schock war es doch für mich, ihn wieder zu sehen. Das war nicht mehr mein bester Freund, das war nur noch sein Schatten. Abgemagert und mit Schatten unter den Augen. Glasige Augen und weggetretener Blick, als wäre er auf Drogen. Er war es. Er hatte ungefähr ein halbes Jahr, nachdem ich nach Amerika verschwunden war, angefangen zu kiffen, und mittlerweile war er abhängig, nicht nur von Haschisch, sondern er kokste auch noch. Eine Woche, nachdem ich zurück war, stellte er mir seine neuen „Freunde" vor, seine Dealer, diejenigen, die ihm den Mist vertickten. Ich konnte nicht mit ansehen, wie er sich mit den Drogen zupumpte, und lief weg. Später dann fand er mich am See, wo ich nachdachte, wie sehr sich die Welt doch verändert hatte, seit ich weg war. An diesem Abend erzählte er mir alles, was in den letzten Monaten geschehen war. Nebenbei hatte er noch Post von seinem Vater erhalten, der wegen schweren Raubes im Knast saß und ihn um Geld anbettelte. Und auch in der Schule lief es alles andere als optimal. Ich hörte zu, den ganzen Abend lang, und endlich schien es, als wäre er wieder der Alte, der einfühlsame, sensible Träumer von früher. Doch dann begann er plötzlich, Dinge zu sagen, die nicht zu ihm passten. Es klang so hoffnungslos, so zerstört und so traurig.

„Hast du dein Versprechen gehalten?", fragte ich ihn schließlich. „Was meinst du?" „Du hast mir versprochen, niemals aufzuhören zu träumen, denn du hast gesagt, dass, wenn viele Menschen träumen, endlich eine neue Wirklichkeit beginnt. Hast du damit aufgehört? Du hast mir doch versprochen, niemals aufzuhören zu glauben ..." „Ich kann nicht glauben", fiel er mir barsch ins Wort. Ich hob die Hand und legte meine Finger auf seinen Mund und redete leise und ruhig weiter: „Wer nicht glauben will, glaubt an nichts, nur wer glauben will, glaubt. Wo ist dein Glaube an die Menschheit, an das Gute im Menschen, wo ist das alles geblieben? Wo ist der Glaube an unsere Freundschaft?" Er schwieg, wusste nicht, was er sagen sollte. Ich bat ihn an diesem Abend, die Finger von den Drogen zu lassen, aber er hörte nicht auf mich. Er versprach mir zwar aufzuhören, aber hinter meinem Rücken kiffte er weiter und nahm auch noch andere Drogen. Er brauchte einen immer größeren Kick, um zu vergessen. Um in seiner Scheinwelt glücklicher zu sein als in der Realität.

Wir sahen uns seltener, weil er immer und immer mehr unter den Einfluss seiner neuen Freunde geriet. Irgendwann, mitten in der Nacht, stand er vor meiner Tür und meinte, er könne nicht mehr. Er sei am Ende. Ich hatte ihn ein paar Wochen nicht gesehen und war erschrocken; er hatte Augenringe und rote Augen, und er schien nicht mehr er selbst zu sein. Er wollte Geld, Geld für neue Drogen. Ich konnte ihm keines geben, denn es wäre falsch gewesen. Ich konnte es nicht, denn so sehr ich ihn auch liebte, ich wollte nicht verantwortlich sein dafür, dass er noch mehr Drogen nahm. Er beschimpfte mich und warf Gegenstände umher und ließ sich überhaupt nicht beruhigen. Schließlich rannte er wie ein Wahnsinniger aus dem Hause. Zwei Tage später kam er wieder vorbei, mit einem Brief in der Hand. Er entschuldigte sich und meinte nur, ich solle ihm versprechen, den Brief erst am Abend zu lesen. Ich versprach es ihm. Als er sich verabschiedete, fiel er mir um den Hals und hatte Tränen in den Augen. Ich wusste das einfach nicht zu deuten, konnte nichts damit anfangen, heute jedoch ist mir das alles klar. Am Abend öffnete ich den Brief und fand darin zunächst ein Gedicht, das mich ziemlich erschreckte, denn es war mit TOD überschrieben:

Vergangen sind Hass und Streit
Ich fühle weder Kummer noch Leid
Ausgeträumt ist auch der letzte Traum
Ich spüre weder Zeit noch Raum
Vergessen ist jedes Gefühl
Und alles rings um mich ist kühl.

Ich fühle weder Zweifel noch Frust
In mir sind weder Liebe noch Lust
Ich bin müde und leer
Und auch Angst habe ich keine mehr
Ich bin von Dunkelheit umfangen
Und weiß ich muss nie mehr hoffen noch bangen
Bin in einen Schleier gehüllt

Und mit einer herrlichen Ruhe erfüllt
Vorbei sind nun all meine Gedanken und Sorgen
Ich fühle mich geschützt und geborgen
Nur noch von Stille umgeben
Nehme ich Abschied vom Leben
Schreite über den Abgrund, den Rand
Nehme die ausgestreckte Hand
Und wie ein Freund in größter Not
So bringt mich zur Ruhe auch der Tod
Spricht leise und sanft zu mir, bis ich irgendwann
Zum allerletzten Mal einschlafen kann.

Liebe Freundin,
ich nehme heute Abschied von dir. Du bist die Einzige, der ich überhaupt etwas davon sage, weil es alle anderen ja sowieso nicht interessiert. Ich hab' dir in letzter Zeit viel Kummer gemacht und es tut mir wirklich Leid. Ich komm' mit all meinen Problemen nicht klar. Ich komm' von den Drogen nicht los, es wird immer schlimmer, wenn ich welche habe, dann mache ich mir Sorgen, was ist, wenn ich keine mehr habe, und wenn ich keine mehr habe, denke ich den ganzen Tag lang nur daran, wie ich wieder welche bekomme. Ich liebe dich, kleine Schwester, du warst immer für mich da. Mach dir bitte keine Vorwürfe und bitte gib dir nicht die Schuld. Die Schuld hab' allein ich. Versprich mir bitte, dass du jedem Tag die Chance gibst, dein

schönster zu werden, und dass du mich nie vergisst. Nicht unsere Freundschaft ist gescheitert, sondern ich. Ich bin am Leben gescheitert und sonst nichts. Ich weiß, dass ich dir mit dem, was ich tue, sehr weh tun werde, aber ich hoffe, du kannst mir verzeihen, ich bitte dich darum. Ich weiß, du bist stark und du wirst das schaffen, und auch wenn du jetzt denkst, dass alles um dich herum dunkel ist, und du den Weg nicht mehr siehst und dich verlaufen könntest, dann merk dir, dass die Mitte der Nacht schon der Beginn eines neuen Tages ist, und wenn du wartest, bis es wieder hell wird, dann findest du auch den Weg wieder, du musst nur Geduld haben.
Vergiss mich nie, dein Freund auf ewig.

Ich weiß noch, wie sich meine Augen mit Tränen füllten, als ich diese Zeilen las, und dass ich minutenlang wie versteinert dasaß und erst dann zum Hörer griff und bei ihm anrief. Aber ich wusste, dass er nicht da war, ich wusste es. Ich lief nach draußen, trotz des strömenden Regens, und suchte ihn, dachte, es könnte vielleicht noch nicht zu spät sein, aber tief im Herzen, da wusste ich, dass es bereits zu spät war. Schließlich fand ich ihn, am See, es war schon mitten in der Nacht. Er lag auf unserer Bank, die Nadel im Arm, und für jeden war wohl offensichtlich, dass keine Hilfe mehr rechtzeitig kommen würde. Ich legte den Arm um ihn und sprach mit ihm, allerdings wusste ich nicht, ob er mich überhaupt noch hören konnte. Er öffnetet doch noch einmal die Augen und es schien so, als hätte er mich erkannt. Es war nur ein Flüstern, aber mir kam es so vor, als würde er schreien: „Siehst du, selbst der Himmel weint, wie du. Wir haben uns geirrt, es hat nicht gereicht zur neuen Wirklichkeit, wenn wir zwei träumen, es hat nicht gereicht, es ist an der Zeit, sich das einzugestehen und aufzugeben. Verzeih mir." Er schloss die Augen wieder und meine Tränen fielen auf ihn hinab. Er starb wenige Minuten später in meinen Armen, aber erst Stunden später brachte ich es über mich, jemanden anzurufen. Dann kam der Rettungswagen und seine Mutter und rings um mich herum brach das Chaos aus. Seine Mutter schrie mich an und machte mir Vorwürfe, dass ihr Sohn noch leben könnte, wenn ich den Arzt früher geholt hätte. Die Polizei kam und stellte mir Fragen. An all das erinnere ich mich nur schemenhaft, denn ich hatte mich in mich selbst verkrochen und in mein Schneckenhaus konnte keiner eindringen, kein Schmerz und keine Trauer. Ich war unter Schock, nicht mehr in der Lage zu Tränen oder Trauer. Tagelang verließ ich mein Zimmer nicht und hatte mich von all dem Schrecklichen weit entfernt, eine Art Schutzmauer gegen meinen Schmerz errichtet ...

Jetzt sinke ich auf die Knie, mitten im Matsch und im strömenden Regen knie ich vor seinem Grab. „Ich verzeihe dir." Ich stehe auf und gehe in Richtung des Sees, der seitdem mein Zufluchtsort ist. Ich sitze auf unserer Bank und spüre weder den Regen noch die Kälte. Ich spüre nichts davon, dass der Regen nachlässt, und erst als die Sonne durch die Wolken bricht, erwache ich, bin wieder in der Realität, im Hier und Jetzt.

Ich sitze noch lange da und beobachte den Sonnenuntergang, sehe zu, wie die Sonne wieder gegen die Dunkelheit kämpft, wie sie wieder verliert. So kämpfe auch ich jeden Tag und auch ich verliere jeden Tag gegen den Schmerz und den Verlust. Doch wie die Sonne gebe ich nicht auf, versuche es jeden Tag aufs Neue, und das gibt mir Kraft, denn ich weiß nun, dass nach jeder Nacht, in der ich mich schlaflos hin- und herwälze, ein Tag folgt, der der schönste meines Lebens werden könnte.

Es ist schon lange nach Mitternacht und ich sitze immer noch auf der Bank am See, und als langsam die Morgendämmerung zu sehen ist und die ersten Strahlen der Sonne die Dunkelheit durchbrechen, begreife ich, was sein Satz „Die Mitte der Nacht ist auch schon der Anfang eines neuen Tages" wirklich zu bedeuten hat.

Ich stehe auf und beginne endlich, die alten ausgetretenen Pfade zu verlassen und mit meinen Erinnerungen und meiner Liebe im Herzen meinen eigenen neuen Weg zu bahnen, mit dem Wissen, dass die Liebe eines Freundes eine Brücke zur Ewigkeit ist.

Vorbei

Meine Hände zittern
Meine Knie sind zu schwach
meinen Körper zu tragen
Ich muss mich setzen
Niemand darf meine Schwäche bemerken
Stark bleiben
Kopf hoch!
Keine Schwäche
Nicht vor dir!
Du sollst nicht merken
wie sehr du mich verletzt hast.
Dass mein ganzes Leben soeben zerplatzt ist
wie eine Seifenblase
Sich ins Nichts aufgelöst hat.

Ich sitze
Halte mich selbst mit den Armen fest umschlungen
Damit ich überhaupt etwas spüre
Alles in mir ist leer
Durch ein Wort sind sämtliche Empfindungen
von mir gewichen und zurück bleibt
Ein Vakuum.
Ich bin nur noch eine Hülle - hohl, kalt und leer.

Ich kämpfe einen ungerechten Kampf,
den ich längst verloren habe.
Einen Kampf gegen die Tränen,
die sich in meinen Augen stauen,
hervorquellen

und meine Maske der Gleichgültigkeit Lügen strafen.

Ich senke den Blick
Ergeben in mein Schicksal
Mit der Gewissheit, verloren zu haben
Alles
Und nicht die Kraft zum Kämpfen zu besitzen

Ich will dein Mitleid nicht
Ich will es nicht sehen
Nicht in deinen Augen
Nicht deine Arme
die einfach nur an dir herunterhängen

Stille,
nur deine Stimme in meinem Kopf

Schweigen,
allein ein Wort hallt immer wieder

Vorbei

Pfeil und Bogen

Du spannst den Bogen
Die Sehne glänzt in der Sonne
Das Licht bricht sich
Du hältst sie gespannt - wartest
Dein Opfer merkt noch nichts davon - macht weiter
Ahnungslos, nicht wissend, was es erwartet
Die Wut in dir wird größer
Deine Finger beginnen zu zittern
Doch du hältst die Sehne noch fest
Dein Opfer grinst hämisch
Zerstört weiter
Du kannst sie nicht mehr halten -
Lässt los.

Der Pfeil trifft - mitten ins Ziel
Die Worte dringen tief in das Herz deines Opfers
Bohren sich hinein
Das Grinsen verschwindet von den Lippen
Die Augen erlöschen
Verlieren ihren Glanz

Jetzt tut es dir Leid
Dass du den Pfeil, die Worte
Nicht länger zurückgehalten hast
Doch jetzt ist es zu spät
Die Worte können nicht zurückgenommen werden
Sie sitzen im Herzen und auch
Wenn du den Pfeil herausziehst, bleiben Wunden,
die zu Narben werden - für die Ewigkeit.

Keine Gefühle

„Ich brauche dich, geh nicht weg, bitte"
nur diesen einen Satz
allein diese Bitte
ein kleines Zeichen von Gefühlen
sag ihn!
Doch du kannst nicht
Bist nicht zu Gefühlen in der Lage
Ich stehe in der Tür
Schaue zurück
Warte
Ob du doch Gefühle hast
Suche sie
In deinen Augen
Kalt, distanziert, hart
Und ohne Gefühl
An deinem Mund
Die Lippen zusammengepresst
Nur schmale Striche
Und ohne Gefühl
„Ich liebe dich"
sag es, bitte
dann könnte ich bleiben
doch du sagst nichts
starrst mich aus kalten Augen an
ich öffne die Tür
meine Augen flehen dich an
Zeig Gefühl
Nur jetzt
Es ist die letzte Chance

Die du noch hast
Weißt du das?

Ich warte
Die Zeit verrinnt
Genug Zeit
Meine Hand greift zu der Tasche
Am Boden
Für eine winzige Sekunde nur
Verschwindet
Die Härte aus deinen Augen
Die Gefühllosigkeit von deinen Lippen
Du öffnest den Mund
Und schließt ihn sogleich wieder
Keine Gefühle mehr erkennbar
Die Augen wieder hinter der Maske
Und die Lippen blutleer
Ich drehe mich um
Beiße auf meine Lippen, bis sie bluten
Gehe langsam durch die Tür
Tränen fließen über mein Gesicht in den Tod
Leise fällt die Tür hinter mir ins Schloss.

Texte Ursula Jahnel

Ursula Jahnel wohnt im Raum Dresden und ist 61 Jahre alt. Seit November 2003 schreibt sie literarische Texte. Ihre Veröffentlichungen:

Beiträge in der „Anthologie Buchwelt 2004“, Frieling Verlag Berlin

„Ein Sonnenstrahl für Deine Seele“, HolzheimerVerlag, November 2004

Sie sagt: „Ich versuche, jeden Tag bewusst zu leben; die Welt ist anders, man muss sie nur mit den Augen der Liebe sehen.“

Ihre Gedanken und Gefühle setzt sie in Texte um und ihr sehnlichster Wunsch ist es, anderen Menschen in schwierigen Situationen Hilfe anzubieten, sie wachzurütteln.

Das Glück beginnt im Inneren des Menschen. „Erst dann kannst du die kleine Welt um dich herum erwärmen.“

Ursula Jahnel dankt dem Kunstmaler Manfred Leibl aus Auerbach/Vogtland für seine gefühlvollen ausdrucksstarken Zeichnungen zu ihren Texten.

Nimm den Tag an, wie er ist...

Er ist nur für dich da ...
Nur für dich geschaffen ...

Der Morgen erwacht ...
Die Nacht vergeht ...
Die Sonne geht auf ...

Du kannst den Tag gestalten ...
Es liegt in deiner Macht,
was du daraus machst ...
Du kannst jede Stunde ausfüllen ...
Du bist frei ...
Für heute bekommst du die Zeit geschenkt ...

Erfülle sie mit Leben ...
Mit Güte ...
Mit Weisheit ...
Mit Erbarmen ...
Mit Liebe ...
Mit Hoffnung ...

Es liegt in deiner Hand ...
Versuche es, du wirst es schaffen ...

Dieser Tag wird gut ...!!!

Kirche - Was ist Kirche?

Kirche ist ...
... ein stiller Raum ...
... ein Raum, in dem Gott fühlbar ist ...
... ein Raum, wo zugehört wird ...
... ein Raum, wo man tiefere Werte erfährt ...
... ein Raum, wo man nachdenkt ...
... ein Raum, wo man seinen neuen Weg findet ...
... ein Raum, wo man zu Hause ist ...
... ein Raum, wo man sich wohlfühlt
und nicht alleine ist ...

Lieder begleiten dich ...
... voller Inhalt ...
... voller Sehnsucht nach göttlicher Liebe ...
... voller Sehnsucht nach Erkenntnis ...
... voller Sehnsucht nach der Wahrheit ...
... voller Sehnsucht nach dem wirklichen Glück ...

Worte des Priesters ...
... sie berühren dich ...
... sie regen dich zum Nachdenken an ...
... sie zeigen dir die Richtung,
die für dich wichtig ist...
... sie machen dich ruhig ...
... sie wühlen dich auf ...

... du weinst ... es ist gut so ...

2004

Der stille Schrei

Mein Baum,
wo bist du?
Wer hat dich getötet?

Wo ist dein dicker, rauer Stamm? Er stand doch fest verwurzelt in der Erde. Man hat ihn dir genommen. Man hat dir alles genommen. Deine vielen bunten Herbstblätter, deine braunen runden Früchte, aus denen die Kinder lustige Figuren gebastelt haben, mit denen du vielen Menschen Freude machen konntest. Die Früchte glänzten in ihrem Braun und allen Schattierungen, sahen in dekorativen Sträußen besonders schön aus. Nun sind sie verschwunden; einfach vernichtet ...

Der Mensch ist grausam. Warum wurde das getan? Du kannst bei glühender Hitze keinen Schatten mehr spenden, deine Kerzen leuchten nicht mehr im Frühjahr. Die Welt ist ärmer geworden. Warum?

Immer wieder dieses „Warum“. Es gibt zwar Antworten dafür. Sie sind aber nur eine Ausrede: Einmal wegen der neuen Straße. Ein anderes Mal wegen deiner angeblichen Altersschwäche. So krank warst du noch nicht. Ein paar Jahre hättest du noch bestehen können. Nun ist hier ein leerer Platz.

Nur der Mond, die Sterne und die Sonne vermissen dich. Sie haben dich beschützt und standen im Einklang mit dir. Nun musstest du sie verlassen. Traurig sehen sie auf deinen Baumstumpf. Sie konnten dich nicht halten.

Der Mensch hatte deinen Untergang bestimmt. Und auch durchgeführt. Er hatte sich über die Natur gesetzt. Ihre natürlichen Gesetze verletzt.

Baum, schreie!!! Schreie es in die Welt hinaus!!!
Vielleicht hört es jemand.

Ich gehe durch die Straße. Sie ist traurig geworden. Sie ist still, trotz des Autolärms. Die Bäume fehlen. Ich höre noch das Rauschen der Blätter und ihr Flehen und Weinen, als sie gnadenlos von der Motorsäge immer kleiner gemacht wurden.

Alles wurde schnell und ordentlich hinweggeräumt.

2004

Zuversicht

Kastanienbaum, du bist so traurig. Du lässt deine Blätter hängen. Sie sind gelb und welk. Der Wind, der immer dein Freund war, bläst sie einfach herunter. Du kannst sie nicht mehr halten. Du lässt es geschehen. Du bist müde geworden. Es wird später hell und eher dunkel. Die Tage werden kürzer. Die Nacht hat Übermacht über alles Leben.

Ehe die Blätter fallen und hilflos auf der Erde liegen, wo sie oft achtlos getreten werden, sind sie bunt. Der Herbst hat sie nicht einfach vom Baum getrennt und weggeschmissen. Er hat sie noch einmal mit seinen schönsten Farben bemalt: gelb, rot, braun und leuchtend in den verschiedensten Farbtönen. Sie antworten auf die tiefer liegenden Sonnenstrahlen und freuen sich, dass sie nicht vergessen worden sind. Der Wind nimmt die bunten Blätter fürsorglich in seine Arme, tröstet sie und nimmt sie auf seinem weiten Weg mit. Sie sind geborgen. Sie geben sich seiner Gewalt hin und haben keine Angst mehr. Der Baum wird leerer und fühlt sich einsam ...

Er steht stumm da ...

Er fühlt sich allein gelassen ...

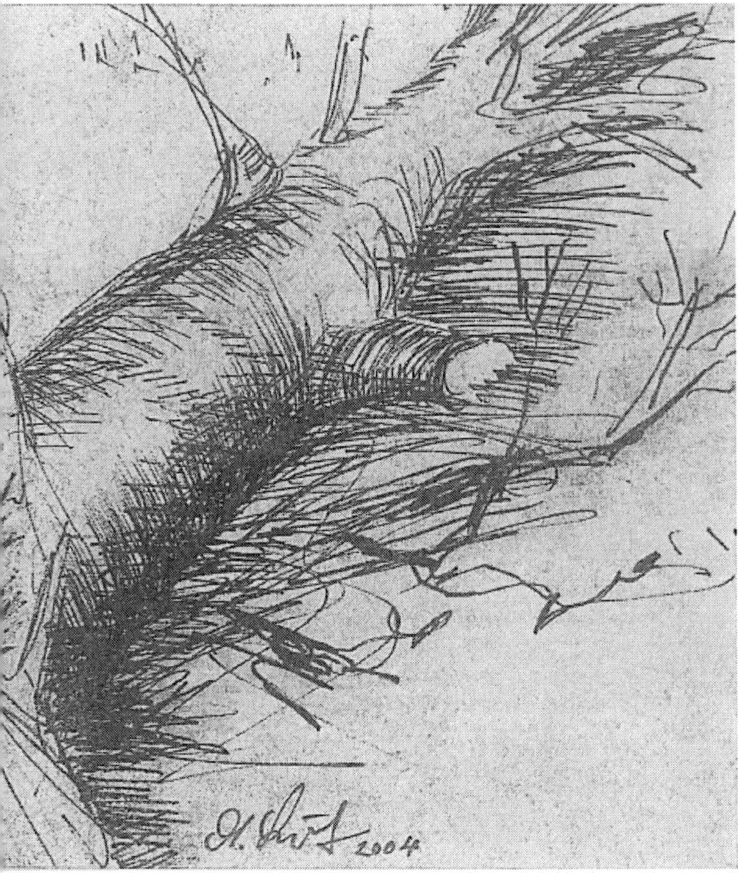
2004

Die Menschen gehen an ihm vorbei, ohne ihn anzusehen. Ohne ihn zu bemerken. Sie sind hart geworden - gegen sich selbst und gegen ihre Umwelt.

Im Innersten des Baumes brennt ein kleines Licht - es ist ein hoffnungsvoller Funke, der jedes Jahr wieder neu entfacht wird. Der nie ganz erlischt.

Der Baum weiß es. Zuversicht kommt auf. Und Vorfreude auf ein neues Keimen und neues Leben. Die Blätter haben ihre Kraft dem Baum zurückgegeben. Dann sind sie erst gegangen. Mit dieser Kraft der unzähligen Blätter, die ihn den ganzen Sommer über geliebt haben, kann er auch den harten Winter mit all seiner Kälte überstehen.

Er braucht nicht mehr das Ansehen der Menschen. Er steht fest in sich verwurzelt. Ist eins mit den Naturgewalten und erfreut sich am Leben und freut sich auf das neue Keimen im nächsten Jahr.

Er ruht in sich selbst ...

Lieber Maler

Male den Himmel mit all seinen Wolken ...
Male sie, wenn sie wie ein Flaum erscheinen ...
Male sie, wenn sie in allen Farbnuancen leuchten -
von Gelb in allen Tönen -
ins Rosa übergehend -
bis zum Abendrot mit seiner Mächtigkeit.

Male sie, wenn die Sonne mit ihnen spielt,
sich hinter ihnen versteckt
und wieder zum Vorschein kommt ...

Male den Himmel,
wenn er sich in reinstem Blau zeigt,
wenn es Mittag ist und die Sonne brennt ...

Lieber Maler ...
Male den Himmel, wenn Kondensstreifen
die glatte Fläche durchschneiden ...

Male ihn mit seinen düsteren Wolken,
wenn ein Gewitter aufzieht.
Wenn die Menschen in ihren Häusern
Schutz suchen ...

Male ihn,
wenn der Sturm das Wolkenband aufreißt
und die Wolken rasend schnell über den Himmel
ziehen ...

Lieber Maler!

Du kannst es, du hast alle Farben in deiner Hand ...
... du darfst deine Gefühle
mit dem Pinsel gestalten ...
du siehst die Wolken mit deinen Augen.

Bitte vereine meine Gedanken
mit deinem Sehen,
und wir werden den Himmel so gestalten,
dass die Menschen aufmerksam werden
und erfüllt sind von dem Reichtum,
der ihnen die Natur bietet ...!

Der Tanz der Töne

Es ist Abend auf Juist ...
Die Sonne ist längst untergegangen.
Draußen ist es finster.

Nur die Fenster der umstehenden Häuser und die Straßenlaternen setzen Lichtakzente in dieses Dunkel. Von Ferne hört man das Rauschen der Nordsee, das ständige Auf und Ab der Wellen.

Wir haben uns in dem herrlichen Kultursaal vereint. Es sind aber nur wenige Menschen, die hier zu diesem Klavierkonzert gekommen sind. Viele Plätze sind leer. Schade.

Der Pianist betritt die Bühne. Er hat volles Haar und eine kräftige Statur, ist aber nicht sehr groß. Er setzt sich auf den Klavierhocker und schweigt.

Er konzentriert sich auf sein Spiel. Wir alle sind stumm in der Erwartung des Kommenden.

Nun legt er seine Hände auf die Tasten und beginnt zu spielen. „Die Bilder einer Ausstellung von Mussorgsky und im 2. Teil ein Werk von Chopin."

Leise und behutsam berührt er die Tasten. Es ist wie ein Hauch und ein Flehen - ein Liebesbekenntnis zur Musik.

Er benötigt keine Noten, er hat die Melodie in Kopf und Herz.

Seine Musik wird lauter und mächtiger. Die Finger beginnen, über die Tasten zu rasen. Das Spiel wird emotional und eindringlicher. Der ganze Raum ist von Tönen erfüllt.

Ich schließe die Augen und genieße. Ich sitze nicht mehr hier auf diesem Platz, ich stehe am Strand. Ich sehe die Wellen auf mich zukommen und wieder entgleiten. Sie sind wie die Töne des Spielers. Sie haben sich mit dem Wasser vereint, hüpfen als Tropfen leicht auf der Meeresoberfläche, kommen sacht vom Horizont, werden lauter und kräftiger, brausen auf und überschütten mich mit lautstarker Gewalt.

Das ist kein einfaches Musikkonzert mehr, es ist ein Musiksturm, der die Nordsee beherrscht und mich mit einbezieht. Natur und Musik gehören zusammen ... welch ein himmlisches Spiel. Für 2 Stunden hat der Pianist die Zuhörer in seinen Bann gebracht. Auch er ist der Wirklichkeit entrückt. Dankbar nimmt er den Applaus an.

Langsam und aufgewühlt verlässt er die Bühne ...

Brennendes Herz

Ich weiß, dass ich Dich liebe ...

Weil ich Dich liebe,

lasse ich Dich los ...

Lebenslust

Komm zu mir -
Ich fang' Dich auf. -

Die Salzlampe bringt weiches warmes Licht
in den Raum.
Leise gefühlvolle Musik hüllt Dich ein.
Du fühlst Dich wohl ...
Du möchtest geborgen sein
und Zärtlichkeit und Liebe erfahren.

Wir tanzen auf dem Teppich nach
indianischer Musik.

Sie entführt uns in eine andere Welt -
wir leben und geben uns dem Augenblick hin.

Ich beginne, Dich zärtlich zu streicheln.
Du nimmst es an und erwiderst es.

Wir fühlen uns wohl und lassen es geschehen.

Aromatische Düfte der Räucherstäbchen
umgarnen unsere Körper.

Wir versinken in uns und leben.

Alles kommt wieder. Es war erst gestern. Es war warm. Ich war bei Dir. Gedämpftes Licht, Rosendüfte. Ich war eingehüllt in ein Tuch. Ich war glücklich, fühlte mich wohl. Leise Musik umspielte meinen Körper. Tantrafäden umgaben mich. Du hast mich damit eingesponnen. Ich schloss die Augen und war gefangen vom Augenblick. Ich erzitterte; jede Faser meines Körpers und meiner Seele wurden von Deiner Wärme durchflutet. Ich war bereit. Mein Gewand fiel langsam zu Boden. Ich war nackt. Sacht ließ ich mich auf die rote Samtdecke fallen. Es war schön. Ich lag auf dem Bauch und Deine Hände glitten gefühlvoll und weich über meinen gestressten Rücken. Wärme breitete sich in mir aus. Jeder Muskel und Nerv wurde von ihnen gestreichelt.

Ich begann, langsam und ruhig zu atmen. Die Minuten waren kostbar - ich wurde geliebt. Die Zeit blieb stehen ... pures Glücklichsein ...! Es war Tantra ... die Kunst der Berührung. Ruhe erfüllte mein Innerstes - ich war bei mir eingekehrt.

Behutsam begann ich, mich auf den Rücken zu legen. Du nahmst mein Gesicht in Deine Hände und streicheltest meine Wangen, meine Stirn, meine Haare, meinen Nacken ... alles ...

Ich war geborgen, ich war daheim. Tränen kamen leise und liefen sacht über mein Gesicht.

Ich durfte hier sein. Mein Körper wurde angenommen. Die Zärtlichkeit hüllte mich ein, breitete sich über meinen Körper aus ...

Meine Augen waren geschlossen.

Bitte

Ich will dich nur berühren ...
Ich will deine Haut unter meinen Fingern spüren.

Ich will dich streicheln, sanft und mild ...
Ganz nach meinem inneren Bild.

Ich nehme deinen Kopf in meine Hände ...
Meine Gedanken durchbrechen alle Wände.

Wir vergessen die Zeit ...
Wir erleben ein Stück Ewigkeit.

Begegnung

Du bist der Wind ...
... Ich bin das Meer ...
Du bist das Wasser ...
... Ich bin der Sand ...
Du bist die Sonne ...
... Ich bin die Wolke ...
Du bist der Mond ...
... Ich bin ein Stern ...

Lassen wir alles geschehen!!!

Himmelsbote

Sei bitte zärtlich zu mir ...

Heute ... jetzt ... in dieser Minute ...

Ich weiß, irgendwann ist es vorbei ...

Ich gebe Dir alles ... nimm es bitte an ...

Ich schenke Dir mein Herz und meine Hände ...

Jetzt ... in dieser Stunde ...

in dieser Minute ...

in diesem Augenblick ...

Tu es!!!

Es gibt Dinge im Leben,
die müssen JETZT gemacht werden.

In DIESEM Augenblick,
in DIESER Minute.

Sie sind wichtig,
sie können nicht nachgeholt werden.

Verpasse nicht die Zeit -
Du bekommst die Erkenntnis geschenkt.

Sei stark und erfülle sie!

Erkenntnis

Deine Hände sind wie die Wellen des Meeres ...

Sie streicheln mich ...
Sie liebkosen mich ...
Sie sind zärtlich ...

Sie sind hart ...

Sie sind stürmisch ...

Sie überrollen mich ...

Du streichst alle Last aus meinem Körper heraus.

Ich beginne, tiefer und freier zu atmen ...
Wärme erfüllt mich ...

Ich fühle mich wohl!

Unstillbare Nähe

Ich tanze mit Dir ...
Ich will Dich fühlen ... will Dich berühren
Will Deine weiche Haut spüren ...

Meine Hände sind eins mit Deinem Körper ...
Ich nehme Dein Ich-Sein in mir auf ...
Ich atme in Dir und Du in mir ...

Lassen wir es geschehen ...

Die Kraft deiner Hände

Sie berühren mich
Sie geben mir deine Wärme
Sie übermitteln mir deine Energie
Sie geben mir Zärtlichkeit
Sie wecken in mir alle Sinne
Sie streicheln mich
Sie geben mir Kraft

Ich bin ruhig geworden
Ich genieße
Ich nehme deine Wärme in mir auf
Ich lasse mich los
Ich träume
Ich atme ruhig und gelassen
Ich lebe nur im Augenblick

Du bist bei mir
Du gibst mir Halt
Du gibst mir Zuversicht

Ich bin nicht mehr allein
Ich habe keine Angst mehr
Ich muss nicht mehr weinen

Die Kraft der Hände

Nimm sie an ...
sie öffnen sich für dich ...
sei bereit!!!

Das kleine Gänseblümchen

Lass meine Liebe in dir leben.
Schließ sie in dein Herz ein,
sie braucht nicht viel Platz -
nur eine kleine Ecke.

Es war so schön,
es war nicht mehr auf dieser Welt,
wir waren Bestandteil des ewigen Universums,
ein Teil der unendlichen Weiten des Horizonts.

Wir gehörten der Natur -
waren eins mit ihr -
von ihrer Macht eingeschlossen.
Es war wunderbar.

Bitte lass es nicht einfach vorbei sein.
Es geht nicht,
es tut uns beiden wahnsinnig weh.

Gib meiner Liebe zu dir ein wenig Raum
in deinem Herzen.
Lass sie dort verweilen.
Sie verhält sich ganz ruhig,
sie will nur bei dir sein.

Nimm sie in deine Hände
und lege sie behutsam
in dein Herz.

Tu ihr bitte dabei nicht weh,
sie ist klein und zart
und strahlt doch unheimliche Energie aus. ---

Sie fühlt sich wohl in dir.
Lass sie nicht heraus
und verjage sie.

Die Liebe zu dir ist wie ein Gänseblümchen,
wunderschön und ausdauernd.
Lass es bitte nicht von der Härte und Kälte
der Menschen zertreten.

Gänseblümchen blühen sogar im Winter.

Ich liebe Dich

Es war nur ein Hauch ...!
Rosenduft im Zimmer ...
Kleine bunte Teelichte flackerten ...!
Wärme überall ...

Du kamst zu mir,
Die Welt war in Ordnung.
Du sahst mich an.
Berührtest meine Augen -
meine Wangen -
meinen Mund.

Deine Lippen versanken gefühlvoll
in meinen Haaren.
Deine Hände streichelten
meinen Nacken -
meine Brust.
Strichen gewaltsam über meinen Rücken ...
Meinen gesamten Körper.

Wir ließen uns los.
Wir waren gefangen im Taumel der Liebe.

Die Zeit verrann - wir merkten es nicht.

Nur die dunkelroten Rosen
blieben als Erinnerung!

Zuggedanken ... aus der Sicht einer Reisenden

Im Rücken die Zukunft ...
Vor den Augen die Vergangenheit ...
Nebel überall!

Schemenhaft die Bäume ...
Verdorrtes Gras ...
Ebenheit - Verlassenheit!

Wir sind mittendrin

Lautlos

Du gingst fort, und keiner hat's bemerkt -

Alles lief weiter wie bisher.
Die Sonne schien erneut jeden Tag.
Das Meer kam mit Ebbe und Flut.
Die Menschen lachten oder hatten ihre Sorgen.

Alles ist wie immer.

Aber ich bin traurig ...
Der Wind seufzt leise, wehmütig ...
fragt: Warum?
Die Sonne sendet suchend ihre Strahlen aus.

In den Dünen zittern die trockenen Blätter
der Bäume und Büsche.

Es ist einsamer auf der Insel geworden!

Ein kleines Stückchen Heimat fehlt!

Traum und Wirklichkeit

Ich habe dich mitgenommen
über das weite Wasser, in die andere Welt.

Du bist bei mir.
Du bist neben mir.
Du bist in mir.

Ich bin nicht allein!

Gehe mit dir meine Wege.
Wir laufen am Strand, halten uns an den Händen,
spielen mit dem Wasser und den langen Schatten,
die die Sonne hervorbringt.

Endloser Weg in den Dünen,
kahle Bäume und Dornengeflecht.
Vögel singen zart und kaum hörbar,
Blätter versuchen, sich zu bewegen,
und lispeln leise,
gnadenerfülltes Sein.

Ich gehe mit dir,
wir sind geborgen in der Natur.
Wir küssen uns und schweigen.

ES IST NUR EIN TRAUM!
DENN DU BIST NICHT DA!

Sturm in der Nacht

Du lässt mich nicht schlafen
Du wühlst mich auf
Du rüttelst an Fenstern und Türen
Du kommst aus weiter Ferne
Wirst stärker und heftiger

nimmst alles gefangen ...
durchdringst das Reich der Menschen ...
kraftvoll und beherrschend ...

Die Welt beugt sich dir
wird klein, gläsern und durchschaubar

Die Menschen schweigen ...
beginnen, auf dich zu hören ...

Sie ordnen ihr Leben!

Einsamer Tanz

Geisterhaft ... schemenhaft ...
Der Himmel ist mit Wolken bedeckt ...
durchscheinende Helligkeit ...
Leere am Strand.

Großzügigkeit ... Weite ... endloses Sein ...
Donnerndes Rauschen des Meeres.

Ich bin allein!
Beginne zu tanzen - langsam - besinnlich ...
Nehme alles in mir auf ...
Mein Tanz wird schneller ...
Sand wirbelt auf ...
Ich hinterlasse Spuren.

Du kommst!
Aus dem Nichts auf mich zu ...
hell und klar.
Du lächelst mich an ...
Streckst mir deine Arme entgegen.
Wir fassen uns an den Händen ...
tanzen den Tanz der Gefühle ...
vergessen alles um uns herum!

Der Wind lebt

Er fegt den Sand über die Dünen -
gewaltig - stürmisch - hemmungslos.

Hingebungsvoll biegen sich die Gräser im Takt
Ein Dröhnen liegt in der Luft.
Das Wasser erbebt, wird nach oben gedrückt -
überflutet ist der Sandstrand.

Nichts ist vorhersehbar!
Nichts nachvollziehbar!

Es ist das Geheimnis der Natur!

Wo bin ich?

Laufen im Sand
Wellen rauschen
Möwen schreien
Es ist kalt - bitterkalt
Der Wind peitscht in mein Gesicht
Es tut gut ...
Habe die Augen geschlossen
Will alles spüren
Sonne glitzert im Meer
Macht aus mir einen langen Schatten
Mein Körper schimmert
unter der Wasseroberfläche

Bin ich hier
oder in der Geborgenheit des Meeres?

Autorin Almut Möhle

Almut Möhle, Jahrgang 1960, lebt mit ihrem Mann und ihrem Sohn am Stadtrand im Süden Hamburgs. Neben Veröffentlichungen von Kurzgeschichten in Zeitungen und Anthologien erschien im Oktober 2002 ihr erster Kriminalroman „Der Märchenmörder“, im März 2003 das gleichnamige Hörbuch (beides im Jadoro-Verlag, Hamburg), „Eistraum-Geschichten“, ein Kurzgeschichtenband, November 2004 (Jadoro-Verlag, Hamburg) sowie „Der Freude-Sorgen-Spaß-Hund“ - Eine Hörbuch-Geschichte für Kinder, Januar 2005 (Jadoro-Verlag, Hamburg).

In Kürze kommt ein weiteres Hörbuch mit Kurzgeschichten aus dem Hamburger Süden heraus.

Voraussichtlich Ende des Jahres wird ihr zweiter Kriminalroman „Maronen, Mord und Mangos“ veröffentlicht.

Der Bus holperte aus seiner lang gezogenen Kurve und schob sich mühsam durch die stark befahrene Moorstraße. Immer wieder huschten Fußgänger einzeln oder in Grüppchen von der einen Seite auf die andere. Bereits an der Haltestelle Celler Weg hatte ich einen Platz erspäht und war mit zittrigen Knien an einem jungen Mann zum Fensterplatz vorbeigeturnt. Nur um mich von meinen trüben Gedanken abzulenken, versuchte ich jetzt das Lied, das aus dem tragbaren MP3-Player meines Sitznachbarn knarrte, zu identifizieren. Vergeblich. In meinem Kopf herrschte ein katastrophaler Trubel wie neulich am Harburger Bahnhof, als der S-Bahn-Tunnel mal wieder brannte.

Ich würde am liebsten ihre Reifen aufschlitzen ... oder besser: sie gleich erstechen. Der Haken daran war nur, ich wusste nicht einmal, wer diese Frau überhaupt war. Aber sie existierte, da war ich mir inzwischen hundertprozentig sicher. Und sie war bestimmt jung, schön und faltenfrei. Bei meiner Gesichtshaut hätte ich heute Morgen ein Bügeleisen nehmen sollen, statt der neuen, reichhaltigen Gesichtscreme. Die Probetube hatte ich bei der Eröffnung des Phoenix-Centers von einer sympathischen Verkäuferin in die Hand gedrückt bekommen. Das war nett gemeint, stimmte mich aber nachdenklich. Und als ich heute Morgen nach dem Duschen vor dem beschlagenen, aber dennoch unbarmherzigen Spiegel stand, konnte ich den Eindruck nicht abwehren, mein Rumpf würde auf zwei überdimensionalen Maiskolben stehen. So viele Dellen hatte meine andere Feindin, die Cellulite, gezaubert. Und das praktisch über Nacht. Mein Spiegelbild wirkte so, als würde David Hamilton kräftig gegen die Linse hauchen, um die Frau möglichst unkenntlich zu machen. Ich kam mir unansehnlich vor. Hässlich wie meine Gedanken.

Jetzt hielt der Bus wieder. Ich musste aussteigen und drängelte mich zum Ausgang. Harburg Rathaus. Auffallend an dieser Haltestelle war, dass hier sämtliche Menschen mit einem Schlag ihre gute Kinderstube und ihre anständigen Manieren zu vergessen schienen. Das war meiner Kenntnis nach an keiner anderen Haltestelle Hamburgs so extrem. Die Aussteiger schubsten, drängelten und rempelten. Die Einsteiger stellten sich derart ungünstig und eintrittsgierig in den Weg, dass mich das Ausbleiben einer Massenschlägerei jedes Mal aufs Neue verwunderte. Dieses Szenario beobachtete und spürte ich am eigenen Leibe nun schon seit Jahren. Ob es an dem drohenden Gebäude des Arbeitsamtes auf der gegenüberliegenden Straßenseite lag? Für mich blieb dieses Phänomen eines der vielen ungeklärten Fragen auf diesem Planeten. Peinlich, wenn hier mal englische Touristen vorbeikämen. Austauschschüler zum Beispiel. Die würden einen schönen Eindruck von Harburg bekommen.

Mit mir zusammen kämpften sich meine trüben Gedanken und Ahnungen hinaus in die kühle und mit Abgasen versetzte Stadtluft. Sie hatten mich einen Moment verloren, als ich eine Bekannte grüßte, holten mich aber rasch wieder ein und legten sich um meinen Hals wie ein fester Schal. Ein Schal, der auf die Kehle drückt und einem das bekannte Kloßgefühl verursacht. Mit diesem Gepäck flog ich die Neue Straße hinunter, würdigte McDonald's keines Blickes - nein, ich habe keinen Hunger, beeinflusste ich mich - und hastete an der Einhorn-Apotheke vorbei. Dabei fiel mein Blick auf ein Plakat, das in Pastellfarben in einem der Schaufenster warb. Eine Frau zog sich darauf eine hässliche Hautschicht wie eine Hose aus und gab den Blick auf einen makellosen Körper frei. Genau das wünschte ich mir auch. Meine sandfarbene Hose kniff mich frech in Hüfte und Bauch. Ich konnte mir nicht einmal mehr einreden, sie sei nach der letzten Wäsche eingelaufen. Es passte nur eine Bezeichnung zu meiner Erscheinung: Wurst in Naturdarm.

Mein Ziel war das Café „Eistraum“ an der Ecke Lämmertwiete / Neue Straße. Ich stemmte die Tür auf und trat ein. Es kam mir vor wie eine einladende Oase in einer steinigen, grauen Wüste. Leckerer Kuchenduft umfing mich. Sven, der freundliche Chef des Hauses, grüßte mich. Ich mag ihn. Und ich finde es bewundernswert, wie er in seinem Alter - ich schätzte ihn auf Mitte 20 - dieses Café souverän und individuell führt.

Ich sonderte auch ein paar nette Worte ab, soweit es mir in meiner momentanen Verfassung möglich war, reckte meinen Hals und meine Augen erforschten die Tische des gemütlichen Interieurs. Meine Schwester Josy war noch nicht da. Typisch. Pünktlichkeit war nicht gerade ihre Stärke. Ich stieg die paar Stufen in den Raum hinauf. Der junge und baumhohe Musiker, ein häufiger Gast des Cafés, saß rechts an einem Tisch. Er drehte sich eine Zigarette und vor ihm dampfte eine Tasse Kaffee. Seine Gitarre lag stumm und wartend auf der Sitzbank. Schräg gegenüber in der Musikkneipe Consortium hatte ich ihn mal gehört und sein Auftritt war gelungen. An der Fensterseite saßen zwei blonde Frauen. Auch sie hatte ich schon häufig hier gesehen. Ihr Gesprächsstoff schien ihnen nie auszugehen. Vor ein paar Wochen noch hatten sie immer zwei Espressi bestellt. Jetzt sagte ihnen „Café Crema“

anscheinend mehr zu. Ich nahm an, dass die beiden sich bei ihrem Getränk und dem obligatorischen Glas Wasser für die nachmittägliche Arbeit in einem Büro stärkten. Auch eine dunkelhaarige Frau und ein Mann mit Brille und Locken waren mir nicht unbekannt. Sie sollen angeblich Geschwister sein. Kaum zu glauben, so unterschiedliche Typen. Und außerdem Autoren. Beide. Ich hatte noch nie etwas von ihnen gelesen.

Die Frau erzählte gerade und malte dabei mit ihrem Zeigefinger unsichtbare Kreise in die Luft, die immer größer wurden. Jetzt hielt ihre Hand jäh inne und wehrte unwillig den Zigarettenqualm ihres Bruders ab. „Du solltest weniger rauchen. Denk daran, du hast eine Tochter."

Ich verdrehte die Augen. Diesen Satz hatte ich aus ihrem Mund schon des Öfteren gehört. Der Mann hielt seine Zigarette noch ein Stück weiter ab, so dass die unangenehme, bläuliche Wolke einen Bogen um die Dunkelhaarige machte, meine Wenigkeit entdeckte, verfolgte und sich auf mich stürzte, als ich Platz nahm. Josy, komm endlich! Egal ob eingenebelt oder nicht, ich muss mit dir reden!

Von hier aus, ganz hinten neben dem Aquarium, in dem immer noch keine Fische schwammen, konnte ich das gesamte Café überblicken. Die in einem angenehmen Gelbton gestrichenen Wände übten eine tröstende Wirkung auf mich aus. Mein Blick glitt zum Fenster hinüber. Dunkle sanfte Augen in einem schwarzen Gesicht starrten zurück. Sie gehörten einem Hund, dessen gerahmtes Foto auf der einen Fensterbank stand. Ich hatte das Tier zusammen mit der Dunkelhaarigen vor ein paar Wochen hier gesehen. Es schien verfressen zu sein und hatte gierig beobachtet, wie leckere Sandwich-Ecken in den Mündern und Hälsen der Gäste verschwanden. Gefräßig wie ich. Sehnsüchtig überflog ich das Blatt vor mir auf dem Tisch. Es wies auf das wirklich gute Frühstücksbuffet hin, das in der kalten Jahreszeit sonntags in diesem Café angeboten wurde. Ich dachte an die hausgemachten Salate und Waffeln, an frische Brötchen, an Tomate Mozzarella ...

„Was darf's denn sein? Wie immer zwei Stücke Bananen-Mandel-Kuchen und ein Becher Kakao mit Sahne?", schreckte mich Svens freundliche Stimme hoch. „Heute nur ein Mineralwasser", bestellte ich standhaft, obwohl mein Magen wild und hungrig gegen alle Wände schlug. „Aber mit Kohlensäure, bitte", rief ich dem jungen Café-Besitzer nach. So als hätte H2CO3 Kalorien, die sich gerade noch mit meinem Diätplan vertrugen.

Ich betrachtete die Wände. Seit einiger Zeit hingen hier Collagen von einem Harburger Künstler, einem freundlichen Mann mit graumeliertem Haar und einem ebensolchen Bart. Einige seiner Werke gefielen mir gut. Fast hätte ich mir eins davon gekauft, aber es wollte so gar nicht in unsere Wohnung passen. Es war das mit den Früchten und Schirmchen. Die Kunstwerke waren aus Papier zusammengesetzt, aus Zeitschriftenmotiven. Papier. Wie auf ein Stichwort zwängten sich in meine Gedanken wieder die bösen Ahnungen und mein Problem hatte mich wieder voll im Griff.

Inzwischen stand das Glas Mineralwasser vor mir. Ich hielt mein Gesicht dicht darüber und ließ die winzigkleinen Blasen zart gegen meine glühenden Wangen prallen. In meinen Gedanken tauchte ich in das perlende Wasser ein und ertränkte mich. Gestern Morgen noch war die Welt in Ordnung. Da war ich noch schön und begehrenswert. Meine Gedanken und Erinnerungen schwappten über mich wie eine zähe, dunkle Flutwelle.

„Tschüss, Schatz, ich muss jetzt aber wirklich starten. Heute Abend kann's spät werden!", hatte mein Mann Boris zum Abschied gesagt. Mir wurde ein flüchtiger Kuss auf die Wange gedrückt, die Haustür fiel ins Schloss und ich blieb mit einem

Hauch Rasierwasserduft allein zurück. Ich ging in unsere Küche und spähte aus dem Fenster. Seine Schritte entfernten sich knirschend auf dem Kiesweg. Ich schob die Gardine beiseite und winkte ihm hinterher. Obwohl ich wusste, dass er sich nicht umdrehen würde. Das tat er schon lange nicht mehr. Ich winkte trotzdem. Seufzend räumte ich den Tisch ab, fegte Krümel von den Tischsets und schraubte Deckel auf Marmeladengläser. Boris brauchte mindestens drei Sorten Marmelade zur Auswahl, obwohl er immer nur Erdbeer mit Rhabarber aß. Und sie mussten von seiner Mutter stammen.

Eigentlich hatte ich gar keinen Grund, unzufrieden zu sein. Uns ging es doch gut. Ich fühlte mich bloß hin und wieder ein bisschen einsam. Als alles ordentlich abgeräumt und gesäubert war, stieg ich die Treppe zu Boris' Arbeitszimmer hinauf und sah sofort den vollen Aschenbecher. Ich rümpfte die Nase. Bis jetzt hatte ich es nicht geschafft, ihm das Rauchen abzugewöhnen, aber ich arbeitete daran. Ich öffnete das Fenster. Frische Winterluft strömte mir entgegen. Dann ging ich wieder zum Schreibtisch. Meine Augen suchten die Fotografien, die in hübschen silbernen Bilderrahmen auf der Arbeitsplatte standen. Das eine Foto, auf dem Boris mit unseren Kindern vor dem Weihnachtsbaum steht, gefiel mir am besten. Boris sah immer noch sehr gut aus, stellte ich wieder einmal fest. Die kleinen Fältchen taten seiner Attraktivität keinen Abbruch. Und seine Augen! Sie strahlten immer noch genauso schelmisch wie damals, als ich ihn vor über neunzehn Jahren kennen gelernt hatte.

Verträumt nahm ich die Fotografie in die Hand. Ich konnte mich noch ganz genau an diesen wunderbaren Tag erinnern. Zusammen mit meiner Schwester war ich auf dem Frühlingsfest auf dem Harburger Rathausplatz gewesen. Dort im Zelt, in dem eine Tanzband spielte, kam ich mit ihm ins Gespräch. Meiner Schwester gefiel er auch und wir wurden für eine Stunde zu knallharten Konkurrentinnen. Boris aber hatte nur Augen für mich. Liebevoll strich ich mit einem Finger über seinen Kopf auf der Fotografie. Ich musste meinen Blick förmlich von ihm abreißen. Er backte wie mit Saugnäpfen an dem Bild, dass ich mich fast wunderte, als es nicht „Plopp!" dabei sagte, und stellte es dann zurück auf seinen Platz.

Ich griff nach einer Tasse, in der schon ein Rest Kaffee antrocknen wollte, als ich auf der Erde ein paar rosafarbene Papierschnipsel entdeckte. Ich bückte mich, um sie aufzuheben. Gerade als ich sie in den Papierkorb befördern wollte, bemerkte ich, dass auf jedem Schnipsel ein Wort stand.

„... für ... die ... Danke ... wundervolle ... dir ... mit", las ich nacheinander, stirnrunzelnd. Ich überlegte. Was sollte das denn heißen? Boris war wohl mal wieder kreativ gewesen. Früher hatte er sehr viel gebastelt und sich lustige Dinge ausgedacht, um mich oder die Kinder damit zu überraschen. Das hatte er leider schon eine ganze Weile nicht mehr getan. Eigentlich vermisste ich solche liebevollen Kleinigkeiten, aber nach so vielen Ehejahren war es wohl normal, dass er sich nicht vor Ideen überschlug. Unsere Beziehung hatte eben eine andere Qualität angenommen. Aber jetzt diese Papierstückchen mit den Wörtern? Moment mal ... morgen war doch Valentinstag. Erwartete mich da vielleicht doch einmal wieder eine hübsche Überraschung? In den letzten fünf Jahren hatte er mir nicht einmal mehr Blumen mitgebracht - außer dem obligatorischen Geburtstagsstrauß natürlich.

Ich schob die kleinen rosafarbenen Zettel hin und her und las schließlich: „Danke für die wundervolle ... mit dir". Ja, wofür wollte er sich denn bedanken? Es schien ein Zettel zu fehlen. Ich sah auf den Teppich. Nichts. Ich hockte mich auf die Knie. „Autsch!", schrie ich auf und zuckte zurück. Seit wann beißen Berber-Brücken? Suchend tastete ich auf dem rauen Material herum. Aha. Ich hatte mich dummerweise auf eine Pinnwand-Nadel gehockt.

Vorsichtig ergriff ich sie und ärgerte mich über die Laufmasche, die an den neuen Seidenstrümpfen hinunter zu meinem Knöchel hastete. Dann erkundete ich den Teppich nach weiteren Zettelchen. Ganz hinten, fast an der Wand, leuchtete etwas rosa. Ich krabbelte unter die Tischplatte und angelte den kleinen Zettel hervor. Es stand nichts drauf. Ich drehte ihn um und las:

„Nacht". Was? Nacht?! Ich richtete mich abrupt auf. Rumms! Leider hatte ich vergessen, dass ich mich noch unter dem Schreibtisch befand und rieb mir den Kopf. Das würde eine satte Beule geben! Mit dem kleinen Zettel in der Hand schlängelte ich mich unter dem Schreibtisch hervor, rappelte mich hoch und legte das Papierfetzchen an seinen Platz zu den anderen.

„Danke für die ... wundervolle ... NACHT ... mit dir", las ich staunend und fasste mir an den immer noch schmerzenden Schädel. Welche Nacht meinte er denn? Ich konnte mich gar nicht erinnern, dass wir in letzter Zeit ... Komisch. Aber Boris musste die Zettel gestern geschrieben haben. Vorgestern hatte ich hier erst Staub gesaugt. Diese Schnipsel mit den leuchtenden Farben wären mir bestimmt aufgefallen. Nein, er musste sie gestern Abend ausgeschnitten und beschriftet haben. Aber wenn morgen

Valentinstag war ... vielleicht plante er ja etwas für heute Abend? Endlich mal wieder ein paar gemütliche Stunden zu zweit? Das wäre mal eine gute Idee! Und ein kleines Geschenk - eventuell mit diesen Zettelchen dekoriert - erwartete mich dann am Morgen danach?

Glücklich verstreute ich die Zettel wieder auf dem Teppich. Ich wollte Boris die Überraschung nicht verderben und so tun, als hätte ich diese kleinen Vorbereitungen nicht bemerkt. Am besten würde ich nachher in die Stadt fahren und eine gute Flasche Wein - oder vielleicht sogar Champagner? - kaufen. Wir hatten nun schon so lange nichts Romantisches mehr zusammen unternommen. Gut gelaunt stieg ich die Treppe wieder hinunter und fing an, in der Küche das Essen vorzubereiten. Als ich damit soweit fertig war, rief ich meine Schwester an und fragte sie, ob wir uns nicht in der Stadt zu einem Einkaufsbummel treffen wollten. Ich könnte mal wieder ein paar schicke Klamotten gebrauchen. Josy schien ein wenig in Eile zu sein.

„Tja, weißt du Sabine, eigentlich habe ich gar keine Zeit." „Ach, komm, ich möchte mir was Hübsches zum Anziehen kaufen. Du musst mich unbedingt dabei beraten. Du weißt doch, wie schlecht ich mich entscheiden kann."

Josy überlegte eine Weile. „Also schön, aber nur bis fünf. Dann muss ich nach Hause. Ich habe noch etwas vor“, antwortete sie und wir verabredeten uns vor dem neuen Einkaufscenter gegenüber vom Harburger Bahnhof.

Der Einkaufsbummel wurde ein voller Erfolg. Josy wirkte heute zwar ein wenig einsilbig, aber dank ihres kurzen Nachhilfeunterrichts in Sachen Mode erstand ich ein hübsches Kleid, ein neues Parfum und ein paar schicke Dessous. Gegen 17 Uhr blickte Josy auf ihre Designer-Uhr und raffte ihre Sachen zusammen. „Sabine, tut mir Leid, aber ich muss jetzt wirklich starten.“ Ich grinste ein wenig in mich hinein. Diese Redewendung benutzte Boris auch immer. „Ist schon in Ordnung. Sehen wir uns bald?“ „Ich ruf' dich an. Mach's gut.“ Und weg war sie. Hatte die es heute aber eilig, wunderte ich mich.

Wieder zu Hause angekommen, ließ ich mir ein Bad einlaufen und deckte in der Zwischenzeit den Tisch. Ich gab mir viel Mühe damit, kramte unsere schönste Tischdecke hervor, schwang sie über den Esstisch und stellte unser bestes Geschirr sowie zwei Kerzenhalter darauf. Auch legte ich schon mal eine romantische CD ein, so dass ich die Stereoanlage nachher nur noch einzuschalten brauchte. So nahm ich denn mein Bad, schminkte mich anschließend ein wenig, zog meine Neuanschaffungen an und war ganz zufrieden mit mir, als ich das Ergebnis im Spiegel begutachtete.

Kurz darauf saß ich im Wohnzimmer und wartete. Alles war fertig, wer noch fehlte, war mein Mann. Aber er hatte ja gesagt, dass es heute ein wenig später werden könnte. Die Zeit kroch dahin. Kurz nach Irgendwann hörte ich Boris' Wagen endlich die Einfahrt hinaufknirschen. Ein ähnliches Geräusch gab mein verspannter Rücken von sich, als ich mich vom Sofa erhob. Schnell schaltete ich den Fernseher ab, die Mikrowelle ein, strich mein neues Kleid glatt und richtete rasch mein Haar vor dem Spiegel in der Diele. Dann huschte ich wieder in die Küche und nahm die Champagner-Flasche aus dem Kühlschrank. Die Haustür wurde aufgeschlossen und wenig später stand Boris in der Küche.

„Hallo, Schatz. Wie war dein Tag?", begrüßte er mich, wartete aber die Antwort gar nicht ab, sondern ging ins Bad, um sich die Hände zu waschen. Ich zündete derweil die Kerzen auf dem Esstisch an, ließ die Musik in angenehmer Lautstärke laufen und goss unsere Champagner-Gläser voll. Dann brachte ich den Auflauf auf den hübsch gedeckten Tisch.

„Nanu, habe ich etwa irgendetwas vergessen?“ Boris trat ins Wohnzimmer und kuckte sich erstaunt um. Ich freute mich, denn das, was er sah, schien ihm zu gefallen. „Nein, ich dachte nur, wir zwei sollten es uns mal wieder so richtig gemütlich machen“, erwiderte ich und füllte ihm auf. Zögernd setzte sich Boris.

„Du, eigentlich habe ich gar nicht so großen Hunger. Ich habe unterwegs schon einen Happen gegessen.“ Ihm musste mein enttäuschtes Gesicht aufgefallen sein, denn er beeilte sich zu sagen: „Aber andererseits ... wenn ich mir den Auflauf so ansehe, bekomme ich wieder Appetit.“ Ich strahlte mit den Kerzen um die Wette. „Dann lass uns doch anstoßen.“ Ich reichte ihm ein Glas und sanft klirrten unsere Sektflöten aneinander.

„Ist dir gar nichts an mir aufgefallen?“, fragte ich schließlich. „Nein, wieso?“ Er sah mich an. „'ne neue Frisur? Steht dir gut.“ „Ach, Boris, diese Frisur trage ich nun schon seit ungefähr fünf Wochen!“ Ich war ein bisschen beleidigt. „Nein, ich meine das Kleid. Wie findest du es? Ich habe es mir heute gekauft.“

„Toll“, gähnte Boris und sagte: „Sabine, sei mir nicht böse, aber ich bin doch recht geschafft. Der Tag war heute wirklich ziemlich anstrengend. Ich möchte bald ins Bett." „Ach, Boris!" brummelte ich enttäuscht. „Tut mir wirklich Leid, Sabine. Ich muss auch noch ein wenig arbeiten und geh' dann so schnell es geht schlafen."

Resigniert und beleidigt begann ich, die Teller abzuräumen. „Nun mach doch nicht gleich wieder so ein verkniffenes Gesicht, Sabine. Dieser Geisterbahn-Blick. Dann siehst du immer genauso aus wie deine Mutter."

„Das ist ja mal wieder typisch. Nie nimmst du dir Zeit für mich." „Na, erlaube mal! Du bist lustig. Ich muss für unser Geld hart arbeiten." Mit einem strengen Das-du-anscheinend-mit-beiden-Händen-zum-Fenster-rauswirfst-Blick wanderten seine Augen an meinem neuen Kleid hinunter.

„Ist ja schon gut. Ich hatte eben nur gedacht ..." „Pass auf, Sabine, du weißt ja, dass ich jetzt für zwei Tage auf Geschäftsreise fahre, aber dann am Freitag gehen wir beide aus. Vielleicht mal wieder ins Kino, wenn du magst." Ich legte ihm meine Hand auf die Schulter und gab ihm einen Kuss. Er hatte ja Recht. Außerdem sah er tatsächlich etwas abgespannt aus. Er arbeitete wirklich viel. Das stimmte schon.

„Ein Kinobesuch, das ist eine gute Idee“, sagte ich deshalb eifrig. „Ich weiß auch schon, welchen Film wir uns ansehen könnten. Was hältst du von „Verliebt in Rimini“? Da spielt doch dieser gut aussehende ..." „Sabine, bitte! So eine alberne Liebesschnulze habe ich nun wirklich keine Lust zu sehen. Geh doch mit einer Freundin hin.“

„Ach, schade! Aber es laufen ja noch ein paar andere neue Filme. Wir finden schon etwas, das uns beiden gefällt“, lenkte ich schnell ein, denn eigentlich war es mir egal, was wir sehen würden. Die Hauptsache war doch, dass Boris und ich mal wieder etwas Schönes zusammen unternahmen.

Ich räumte noch ein wenig auf und hörte nebenbei, wie Boris in seinem Arbeitszimmer verschwand. Dann ging ich ins Bad und putzte mir die Zähne. Ich nahm den neuen Parfum-Flakon und sprühte mir ein wenig des teuren Inhalts aufs Dekolleté. Ob Boris dieser Duft gefiel? Kurz darauf lag ich im Bett und blätterte in einem Kochbuch. Wann Boris wohl endlich kam? Etwa eine halbe Stunde später erschien mein gähnender und todmüder Ehemann im Schlafzimmer und ließ sich neben mir ins Bett plumpsen. Er löschte sofort das Licht, grunzte mir noch etwas wie „Gute Nacht“ zu und war doch glatt ein paar Sekunden später eingeschlafen. So hatte ich mir diesen Abend irgendwie nicht vorgestellt. Verstimmt wälzte ich mich hin und her, bis auch ich in einen tiefen Schlaf fiel.

Am nächsten Morgen wurde ich gegen sieben Uhr wach. Boris zog gerade seinen Bademantel über. „Warum stehst du denn jetzt schon auf? Ich denke, du musst heute erst gegen elf los?“, murmelte ich verschlafen, zerrte meine Bettdecke zurück und wollte ebenfalls das Bett verlassen, als Boris auf meine Seite kam. Er schlug die Bettdecke wieder über mich und sagte: „Ich mache heute das Frühstück. Bleib du nur ruhig noch ein bisschen liegen und ruh dich aus.“ „Wovon denn?“, dachte ich säuerlich und drehte mich auf die andere Seite. Aber eigentlich war es sehr nett von ihm, das Frühstück vorzubereiten. Ich konnte mich gar nicht erinnern, dass Boris jemals Frühstück gemacht hatte. Der Tag fing eigentlich doch ganz gut an, dachte ich nun ein wenig versöhnt. Wahrscheinlich bekam ich dann auch bald meine Überraschung, das Valentinstagsgeschenk.

Boris ging pfeifend ins Bad, kam pfeifend wieder heraus und zog sich pfeifend an, so als würde er Ilse Werner oder Roger Whittaker Konkurrenz machen wollen. Dann lief er pfeifend die Treppe hinunter und rief mir von unten zu: „Ich hole jetzt Brötchen.“

Angenehm überrascht rekelte ich mich noch eine Weile im Bett. Als ich hinunter in die Küche kam, erwartete mich neben meinem Gatten ein hübsch gedeckter Frühstückstisch mit frischen Brötchen. Die Kaffeemaschine blubberte vor sich hin. Sogar ein Strauß Tulpen stand auf dem Tisch. Es war zwar einer von diesen preiswerten Fertigblumensträußen aus dem Supermarkt, wie ich nebenbei feststellte, aber immerhin, die Geste zählt. Laut sagte ich: „Das ist aber lieb von dir. Danke." „Na ja, war wohl mal wieder fällig. Außerdem ist heute Valentinstag. Freut mich, wenn er dir gefällt."

Boris goss uns Kaffee ein und griff nach einem Vierkornbrötchen. Er schnitt es auf, bestrich es hautdünn mit Butter und sah grübelnd die drei Marmeladengläser an. Er schien wie bei einem Autokauf hin und her zu überlegen, entschied sich dann aber doch für den Erdbeer-Rhabarber-Fruchtaufstrich. Einige Dinge ändern sich eben nie. Seine Wahl war so sicher wie der Dienstag, der auf den Montag folgt. Dann schnappte er sich die Harburger Anzeigen und Nachrichten. Während er sein Brötchen mümmelte und ein paar Krümel mit dem Finger von seinem Teller aufstippste, kommentierte er wie gewöhnlich die Artikel, die er gerade las. Aber so ganz schien er heute nicht bei der Sache zu sein, denn zwischendurch tauchte sein Kopf immer mal wieder neben oder über der Zeitung auf und seine Augen linsten zu dem Tulpenstrauß hinüber. Dann verschwand er wieder hinter den Seiten. Merkwürdig. Puh, war es warm in der Küche. Die Stubenfliege, die sich nicht entschließen mochte, auf welchem Brötchen sie landen sollte, und hektisch über unseren Häuptern kreiste, hielt sich wacker. Ich vermutete jedoch, das zarte Wesen würde wegen der tropischen Temperaturen jede Sekunde ohnmächtig zu Boden segeln.

„Hast du was dagegen, wenn ich die Heizung herunterdrehe?", fragte ich nach einer Weile. Ich wollte schon aufstehen, als Boris rasch abwehrte. „Nein, nein, das hat schon seinen Grund. Bleib sitzen." „Das verstehe ich nicht." „Brauchst du auch nicht, ich erkläre es dir später."

Wir hatten unser Frühstück eigentlich schon beendet, aber mein Mann machte keinerlei Anstalten, die Tafel aufzuheben. Er beobachtete immer wieder den Tulpenstrauß, als würde dieser plötzlich weglaufen oder Kunststückchen vorführen. Ich erhob mich schließlich doch und fing an, das schmutzige Geschirr abzuräumen, als Boris mich am Ärmel zupfte und wieder auf meinen Platz drückte. „Nun warte doch noch. Es kann nicht mehr lange dauern."

„Was ist denn mit dem Strauß? Ich habe mich doch schon bedankt. Das war nett von dir." „Ja, ja, darum geht es aber nicht. Wart's doch einfach ab."

Ich schickte ein Stoßgebet zur Zimmerdecke: „Gott, gib mir Geduld ... aber bitte sofort!", dachte ich, blieb aber artig sitzen und harrte der Dinge, die da kommen mochten.

Plötzlich raschelte es und Boris' Gesicht begann zu leuchten. Etwas fiel auf den Tisch. „Na, also! Das klappt ja wirklich!" Boris schien sich wie ein Schneekönig zu freuen. Ich dagegen verstand überhaupt nichts. „Boris, ich bin vielleicht etwas schwer von Begriff, aber was ist eigentlich los?" Ich konnte es nicht ändern, aber mein Mann gab mir hin und wieder das Gefühl, mein IQ sei nicht viel höher als die Raumtemperatur. Die war zur Zeit zugegebenermaßen für ein Zimmer recht hoch, aber global gesehen und auf die Menschheit bezogen ...

„Sabine, sieh doch einfach hin." Gehorsam schaute ich in die Richtung, in die sein Zeigefinger deutete, verfolgte eine unsichtbare Linie, als wäre sie ein Laserstrahl, bis zur Blumenvase. Dann sah ich sie plötzlich: mehrere rosafarbene Papierfetzchen lagen unter dem Tulpenstrauß auf der Tischdecke.

„Ich habe mein altes asiatisches Bastelbuch wieder gefunden. Das mit den Origami-Tieren und so weiter“, klärte Boris mich auf. „Dort fand ich eine Anleitung, wie man kleine beschriftete Zettel aus Seidenpapier vorsichtig in leicht geöffnete Blüten schiebt und dann seiner Angebeteten den Strauß überreicht. Sobald sich die Blüten öffnen, rieseln die Zettel heraus und wenn die Dame nicht ganz dumm ist, ordnet sie diese zu einem Satz, zum Beispiel einer Liebeserklärung.“

Mir dämmerte es allmählich und ich erinnerte mich an die Zettelchen im Arbeitszimmer. Aber wundervolle Nacht war ja wohl etwas übertrieben, befand ich, als ich an die gestrige dachte. Ich angelte mir also die Papierstückchen heran und schob sie hin und her, bis sie einen sinnvollen Satz ergaben: „Danke für das leckere Essen“, las ich ein wenig enttäuscht.

„Das ist ja eine ganz reizende Idee“, entschlüpfte es mir lahm. „Ja, nicht? Das finde ich auch. Jetzt können wir die Heizung wieder herunterdrehen. Die Wärme sollte das Aufgehen der Blüten beschleunigen. Aber nun, Sabine, muss ich noch ein paar Vorbereitungen treffen und meine Reisetasche packen.“ Und weg war er.

Eine ganze Weile später kam er zu mir ins Wohnzimmer und küsste mich leicht auf die Wange. „Tschüss, Schatz, ich muss jetzt wirklich starten." Gut gelaunt verließ er unser Haus. „Fahr vorsichtig und ruf mal an", rief ich ihm hinterher, eilte zum Fenster und klaubte die Gardine beiseite. Wieder bemerkte er mein sehnsüchtiges Winken nicht und fuhr davon. Kurz darauf begann ich, ein paar meiner Kleidungsstücke auszusortieren, die ich zur Altkleidersammlung geben wollte. Als ich damit fertig war, nahm ich mir Boris' Schrankseite vor. Ich holte den Anzug heraus, den er gestern getragen hatte, und fing an, ihn abzubürsten. Ich wollte ihn gerade an den Kleiderhaken auf den Balkon zum Lüften hängen, als ich stutzte. Ich beschnüffelte den grauen Stoff. Irgendwie roch er anders als sonst. Bildete ich es mir nur ein oder ging von ihm der feine Duft eines Parfums aus? Eines blumigen Damen-Parfums? Ich hielt meine Nase noch einmal an den Anzugkragen. Keine Frage, das war ein Damen-Parfum! Ich irrte mich bestimmt nicht. Und meines war es mit Sicherheit nicht. Viel zu süß. Richtig widerlich. Irgendeine Duftnote zwischen Iltis und Damenkränzchen.

Mein Herz schlug wie ein Maschinengewehr gegen den Brustkorb. Hatte Boris etwa ...? Ich mochte diesen Gedanken gar nicht zu Ende führen. Boris und

... eine andere Frau? Eigentlich war das ja unvorstellbar. Obwohl ... war nicht unsere Beziehung schon eine ganze Weile etwas unterkühlt? Und Boris war wirklich immer noch sehr attraktiv, fand ich jedenfalls. Ob er wohl noch so anziehend auf Frauen wirkte wie damals? Aber, nun ja, wenn man ehrlich war, der Zahn der Zeit ging auch an ihm nicht spurlos vorbei. Sein ehemals volles Haar war ein wenig schütterer geworden, auch ein paar neue Falten waren in der letzten Zeit in seinem Gesicht aufgetaucht. Und sein Bäuchlein war nicht mehr so leicht zu kaschieren, auch wenn er es einzog. Er bekam allmählich eine Altherrenfigur. Aber ... Krampfadern sind auch nicht gerade erotisch, dachte ich und blickte deprimiert an meinen Beinen hinunter. Sie schienen heute fast wie Landkarten mit Flüssen auszusehen. Etwas mehr Bewegung konnte mir auch nicht schaden. Und vielleicht sollte ich doch mal wieder eine Diät ausprobieren?

Instinktiv - ich hatte wohl zu viele Filme gesehen - griff ich in die Tasche und war eigentlich gar nicht mehr überrascht, zwei Kinokarten darin zu finden. Ich ließ den Anzug auf den Boden fallen und mich aufs Bett. Mir wurden die Knie weich wie Wackelpudding. Vielleicht hatte das alles aber auch gar nichts zu bedeuten. Warum sollte Boris nicht ins Kino gehen? Wahrscheinlich war er dort mit seinem

Freund Klaus gewesen. Die beiden spielten einmal die Woche zusammen Squash. Sie hatten sich anschließend einen Film angesehen und waren nicht wie üblich in ihre Stammkneipe auf ein Bierchen gegangen. Aber hätte er mir nicht davon erzählt?

Ich blickte auf die beiden blassgrünen Karten in meiner Hand und las den Titel. Ich erstarrte. „Verliebt in Rimini". Das war ja wohl die Höhe! Und mir sagte er, dass er keine Lust hätte, gerade diesen Film zu sehen. Aber ich konnte mir auch nicht vorstellen, dass die beiden Männer sich einen solchen Streifen zusammen angesehen haben sollten. Es war eben eine Liebeskomödie, in die wohl hauptsächlich Frauen - oder eben Verliebte - gingen. Ich blickte noch einmal auf die beiden Eintrittskarten. Das Datum! Mir gefror fast das Blut in den Adern zu Eiskristallen. Das wurde ja immer schlimmer. Boris musste vorgestern Abend im „Cinemaxx" gewesen sein. Angeblich hatte er auch an diesem Tag länger arbeiten müssen. Er hatte mich angelogen. Ich konnte es nicht fassen. Und überhaupt hatte er in der ganzen letzten Zeit noch viel mehr und länger gearbeitet als sonst. Angeblich. Nein, nun stand für mich die Sache fest. So naiv war ich denn doch nicht. Mühsam raffte ich mich auf und kam mir dabei schwer wie eine Tonne vor, die mit Hilfe eines Krans aufgerichtet werden musste. Ich wankte zunächst wie eine Abrissbirne orientierungslos im Zimmer hin und her. Dann griff ich zum Telefon. Mit zittrigen, eiskalten Fingern wählte ich die Nummer meiner Schwester. Ich musste jetzt unbedingt mit jemandem sprechen. „Verdammt, nun nimm schon ab!", flehte ich. Nach dem vierten Klingelzeichen schaltete sich der Anrufbeantworter ein. Der Text, den Josy drauf gesprochen hatte, hing mir allmählich zum Hals raus, so oft hatten meine Ohren die verfremdete, blecherne Stimme nun schon gehört. Sie könnte sich auch mal wieder etwas Neues ausdenken.

„Hallo, Josy, hier spricht Sabine. Bitte ruf mich so schnell du kannst an", keuchte ich schließlich hektisch in den Hörer. „Es ist wichtig", brüllte ich noch hinterher. Nervös schritt ich im Zimmer auf und ab. Boris hatte eine Geliebte. Davon war ich überzeugt. Was sollte ich nun machen? Ihn direkt darauf ansprechen? Ihn gleich verlassen und zu meiner Mutter fahren? Ich war fürchterlich durcheinander und rieb mir die Seele wund. Josy wusste bestimmt einen Rat. Wenn sie doch nur bald anriefe!

Etwa eine Stunde später klingelte das Telefon und ich hechtete mich auf den Apparat. Mit krächzender Stimme nannte ich meinen Namen. „Hallo, Sabine, ist etwas passiert?", fragte die ahnungslose Josy.

„Das kann man wohl sagen. Ich muss dich unbedingt sprechen. Am besten mach ich mich gleich auf den Weg und bin dann ..." „Sabine, es tut mir fürchterlich Leid, aber heute ist es ganz schlecht", unterbrach mich Josy. „Ich habe eine Verabredung und werde jeden Moment abgeholt."

„Ach, verdammt! Und heute Abend?" „Du, das kann länger dauern. Ich weiß nicht, wann ich zurückkomme. Aber ... was hast du denn? Bist du krank?" „Nein, nein, aber ich ... ich glaube ..." In diesem Moment läutete es an Josys Wohnungstür. Sie atmete hörbar ein. „Sabine, entschuldige bitte, aber es ist meine Verabredung." „Und was ist mit morgen?" „Na gut. Lass uns um 11 Uhr im Café „Eistraum" treffen. Dann reden wir über alles."

Tja, und jetzt saß ich in diesem Café und wartete auf Josy. Sie war schon eine Viertelstunde über die Zeit. Ich sah durch das Fenster hinaus auf die Lämmertwiete. Ein Mann eilte mit hoch aufgeschlagenem Kragen vorbei. Der graue Wintertag passte genau zu meiner Stimmung. Der Musiker war gegangen. Die beiden blonden Frauen schienen im Aufbruch zu sein. Das Geschwisterpaar hatte DIN-A4-Seiten vor sich ausgebreitet. Die Dunkelhaarige redete lebhaft auf ihr Gegenüber ein, wedelte mit der Hand gegen den Zigarettenrauch an, während ihr Bruder mit einem Stift Notizen auf seltsamen rechteckigen Karten machte, an seinem Bart zwirbelte und nachdenklich nickte. Sven kam zu ihnen und sie tauschten ein paar Worte aus. Ich verstand nur: „Nein, im Käsekuchen ist keine Gelatine." Die Dunkelhaarige nickte zufrieden und orderte ein Stück. Mit Sahne! Jetzt trat ein Mann, den ich auf Ende 50 schätzte, ins Café. Er hatte seine dunklen Haare zu einem kleinen Pferdeschwanz zusammen gebunden und grüßte freundlich die anwesenden Gäste. Dann schnappte er sich eine Zeitung und setzte sich an einen kleinen Tisch. Ich stand auf, durchquerte das Café und bezahlte bei Sven am Tresen. Links neben mir in der kleinen Glasvitrine lockten verführerisch ein Zitronenkuchen, der Käsekuchen ohne Gelatine, aber mit einer Spur zu dunkler Kruste, und eine Früchtetorte. Zu meiner Rechten froren in der Kühltruhe die lekkersten Eissorten wie Zimt, Cookies und Stracciatella vor sich hin. Ich setzte mir imaginäre Scheuklappen auf und zwang mich, nicht nach links und rechts zu sehen, um nicht doch noch schwach zu werden. Ich hätte Berge von Eis in mich hineinschaufeln können ...

Dann machte ich mich auf den Weg zu Josy. Über mein Handy rief ich sie an. Irgendwann meldete sie sich mit verschlafener Stimme. „Hallo, Josy, hier ist Sabine. Hast du unsere Verabredung vergessen oder was ist los?" „Oh, Mist! Ich habe doch glatt verschlafen. Ich ..." „Ist schon gut. Ich komme jetzt am besten zu dir." „Aber ..." „Oh, der Bus steht schon da. Dann bis gleich!"

Ich schaltete mein Handy aus, stopfte es in meine Manteltasche und quetschte mich in den Metrobus 14. An der Haltestelle Freudenthalweg stieg ich aus und hastete die Sudermannstraße hinunter, bis diese auf die Rembrandtstraße traf. Ich bog rechts ab. Das Besondere an dieser Straße ist, dass sie nicht mit der Hausnummer 1 beginnt, sondern mit 18. Josy sagte, das hätte schon des Öfteren zu Komplikationen geführt, wenn zum Beispiel etwas geliefert werden sollte. Jetzt hatte ich den Eingang des Hauses erreicht, in dem Josy wohnte, und klingelte. Völlig außer Atem eilte ich die beiden Treppen bis zu ihrer Wohnung hinauf. Sie stand im Bademantel in der Tür und gähnte herzhaft, als ich die letzte Stufe erklommen hatte.

„Sorry, Sabine, dass ich ..." „Ist schon gut", entgegnete ich und drängelte mich an ihr vorbei in den Flur. Von dort aus konnte ich den Esstisch sehen.

„O lala ... was erspähe ich denn da?", dachte ich belustigt. Zwei Tassen, zwei Teller ... das war wohl ein gemütliches Frühstück zu zweit gewesen! Ich lächelte in mich hinein und trat in den Raum. Seit ihrer Scheidung vor zwei Jahren hatte Josy keine feste Beziehung mehr gehabt. Ob sie nun frisch verliebt war? Ich würde es ihr gönnen. Wirklich. Josy hatte anscheinend meinen Blick auf den Esstisch bemerkt. Sie errötete entzückend, nahm rasch ein Tablett, das gegen das Sofa gelehnt war, und fing mit dem Abräumen an. Dabei schob sie fast feierlich eine große Vase mit einem herrlichen Blumenstrauß zur Seite, um mehr Platz zu haben. Mein Gott, was für ein Strauß! Der musste unverschämt teuer gewesen sein. Mit Sicherheit ein Geschenk ihres neuen Lovers. Anfangs geben sie sich ja beachtliche Mühe, dachte ich böse.

Etwas verlegen sagte Josy: „Ich bringe das mal eben in die Küche und zieh' mich dann schnell an." Ich schnappte mir derweil eine Zeitschrift und setzte mich damit lustlos an den Esstisch. Mechanisch blätterte ich in der Hochglanzillustrierten herum, in Gedanken war ich aber bei meiner Ehe ... meiner gescheiterten Ehe? Ich schluckte gegen die aufsteigenden Tränen an. Meine Güte, brauchte Josy lange. Ich wollte ihr unbedingt mein Herz ausschütten. Ich musste endlich über meine Probleme reden können, sonst würde ich platzen wie ein Luftballon, in den man eine Nadel piekt. Aber ob Josy als offensichtlich Frischverliebte dafür überhaupt die richtige Ansprechpartnerin war?

Plötzlich raschelte etwas. Ich sah auf. Meine Augen wurden immer größer. Vor mir, unter dem sündhaft teuren Blumenarrangement, lag ein kleiner, rosafarbener Zettel, dem hurtig weitere folgten. Sie rieselten herab wie dicke, gefärbte Schneeflocken. Auf den Papierstückchen standen Wörter:

für ... wundervolle ... die ... Danke ... dir ... Nacht ... mit.

Mir stockte der Atem. Diese Botschaft entschlüsselte sich mir nur allzu deutlich von selbst. Widerwärtig. Ekel erregend. Jetzt wirkten die Schnipsel wie menschliche Hautfetzen auf mich.

Na wartet! Es brauchte nicht lange und meine Fassungslosigkeit hatte sich in Wut umgewandelt. Ich blätterte in der Zeitschrift, bis ich eine Werbeseite fand, auf der rötliche Farben vorherrschten. Eilig riss ich fünf kleine Fetzen aus dem Papier. Es war eine ganzseitige Annonce für Wurstwaren aus Norddeutschland, die ich gerade zerstörte.

Den rosa Zettel mit dem Wort Nacht zerknüllte ich und ersetzte ihn durch Zeit. Dann beschriftete ich die anderen vier Papierstückchen:

Aber ... es ... ist ... aus

Über den Verlag

Der HolzheimerVerlag ist ein junger, frischer Verlag mit einem völlig neuen Konzept. Er versteht sich als aufstrebenden, "etwas anderen" Verleger, der eng mit seinen Autoren zusammenarbeitet. Wir lieben Bücher und Autoren und bieten eine professionelle Plattform für Genies und Anfänger, für Profis und Newcomer - für jeden, der gerne sein eigenes Buch in der Hand halten möchte.

Auch Nachwuchsautoren, die noch kein ganzes Buch füllen können, bieten wir die Chance, eigene Texte in einem Buch veröffentlicht zu sehen.

Hier bieten wir Hilfestellung von Anfang an. Ob Schreibarbeiten, Lektorat, Buch- und Coverlayout, ISBN und Druck: Wir helfen, wo es nötig ist. Nach der Veröffentlichung wird Dein Buch im Verzeichnis lieferbarer Bücher geführt und ist somit weltweit bestellbar.

Mehr Infos unter mail@holzheimerverlag.de